長編時代官能小説

あやかし絵巻

睦月影郎

祥伝社文庫

目次

第一章　淫気旺盛なれど縁遠し

一

「ああ、これこれ。可哀想だから苛《いじ》めるんじゃない」

孝二郎《こうじろう》は、境内《けいだい》で子猫を苛めている子供たちに言った。武士に言われて子供たちは逃げだし、石を投げられて追い回されていた白い猫もどこかへ行ってしまった。

それを見送り、孝二郎はまた暗い足取りで、重い防具を担《かつ》いで歩きはじめた。

特に動物が好きというわけではない。ただ、弱いものが苛められていると、自分の幼い頃を思い出して嫌なのだ。彼は小柄で非力なため、何かと朋輩《ほうばい》に苛められ、こき使われたものだった。

（あの猫、若い美女に化けて恩返しにでも来ぬものかなあ……）

彼は、取り留めもなく思った。

そう、孝二郎は子供の頃から物語が好きで、特に非現実的な妖怪話や異世界に迷い込むような話にばかり夢中になっていた。

ぼんやりと、そんなことを考えていたから石に蹴《け》つまずき、そのうえ慣れない防具を担いでいたから彼は前のめりに転んでしまった。

「うわ……！」

彼は声を洩らし、慌《あわ》てて起き上がった。そして誰も見ていないかどうか、手と膝の土を払うよりも先に周囲を見回した。

すると、運悪く二人の女がこちらを見て、くすくす笑っているではないか。一人は、何とも艶《あで》やかな三十代半ばの美女、もう一人は、年齢不詳だが小柄で、大きな荷物を背負った少女だ。その少女は顔中真っ白に白粉《おしろい》を塗りたくり、眉墨《まゆずみ》も口紅も濃く描いた妖怪じみた娘だった。何やら、さっきの白猫が化けたようである。

（お、白粉小町か……）

孝二郎は思い、おほんと咳払《せきばら》いして足早に境内を出た。

白粉小町というのは、宝来屋《ほうらいや》という神田《かんだ》の小間物屋に奉公している娘で、白粉を塗りたくって行商している名物娘だった。素顔を誰も知らないというのが評判になり、町家の娘たちは彼女から白粉や紅を買っている。評判の理由はもう一つあり、白粉小町は娘たちを相手に占いを良くし、それで人気があるようなのだ。

（無様なところを見られてしまった……）

孝二郎は冷や汗をかき、もう転ばないよう注意しながら、内藤新宿《ないとうしんじゅく》にある池野《いけの》道場へと急いだ。

巽《たつみ》孝二郎は下級旗本の次男として生まれ、父親は学問方だから家にも多くの書物があって、武芸よりも、いつも本とともに暮らしていた。

旗本の次男といえば仕事もなく、家の厄介《やっかい》者だったのだが、今年、十七歳になったのを機に亡母の実家に養子に入って、今は一応巽家の跡取りになっていた。母が一人娘だったため、嫁《か》してのち男子が二人生まれれば、一人を養子にもらうという親同士の約束があったようだ。

しかし、養子に入った巽家も貧乏旗本。母の両親である祖父母を親と呼び、登城は月に一回、普請《ふしん》方の顔見せで終わり、あとは内職でも探すしかない日々だった。

しかし祖父母である新たな親たちは、非常に欲のない隠居生活をしており、巽家が絶えさえしなければ出世をせずとも、のんびり暮らせと言う人たちだった。

だから好きな講談本ばかり読んで暮らしていたが、実家の兄から道場を紹介されてしまった。

「学問も良いけれど、旗本たるものいっぱしの武芸も出来なければならぬ。知り合いの道場があるから、そこで修行するように」

老父より怖い兄の厳命だから従わねばならず、それで今日から道場に通う羽目になってしまったのだった。

（いやだなあ……。あれは兄ではなく鬼だな……）

肩に食い込む防具が重くて、しかも苦手な剣術の稽古《けいこ》を前に、早くも下腹が痛くなり、便意を催してきてしまった。家には読みかけの物語が多くある。彼は早くそこへ帰りたかった。

拝領屋敷は二百坪、母屋は四間あり、老父母はそのうち一室と厨《くりや》ぐらいを行き来し、あとは庭の手入れぐらいのものだ。内職として菊や薬草などを育てて売り、僅《わず》かな扶持を補っていた。孝二郎は父母と朝夕の挨拶《あいさつ》以外は顔を合わせることもなく、全く自由に暮らしていたから、口うるさい兄のいる実家より、ずっと気楽な生活であった。

彼は、勇猛果敢《ゆうもうかかん》な剣豪の講談本などよりも、むしろ子供が読むようなお伽噺《とぎばなし》をよく好んだ。恩返しものでは、必ず動物たちが美女に化けて家を訪ねてくるし、あるいは穴に入り込んで鼠《ねずみ》に歓待されたり、怪《あやかし》の宴会に参加したり、そうした空想に遊ぶ世界が好きなのだった。

「おう、さんぴん！　気をつけやがれ」

と、いきなり孝二郎は怒鳴りつけられた。見れば二人の、人相の悪い破落戸《ごろつき》どもだ。担ぎ慣れぬ防具でも当たったかと思ったが、どうやら最初から因縁をつけようとしているようだ。

「これは済まぬ」

自分は悪くないのだが、悶着を避けたくて孝二郎は言い、そのまま行こうとした。

「待て、こら。いい着物じゃねえか。小遣いもたんまりあるんだろう。置いていきな」

二人は最初から孝二郎を弱いと思い、舐《な》めてかかっていた。防具を担いでいても、さして剣術など出来ないことぐらいお見通しなのだろう。

そのてん二人は、内藤新宿あたりに住み着いた流れ者で、多くの修羅場をくぐってきたのかもしれない。腰に落とし込んだ長脇差《ながどす》の柄《つか》も、相当使い込んだように垢《あか》で光っていた。

「金などない」

孝二郎は恐怖に膝を震わせながら、ようやく答えた。便意がひどくなったが、失禁などしたら武士として生きてゆかれないだろう。

「なにい！　ねえだと？　じゃ調べてやる」

一人が凄《すご》みながら、孝二郎の懐中に手を伸ばしてきた。

「無礼をするな！　武士を愚弄するにも程があろう」

さすがに孝二郎は一歩下がって言ったが、刀を抜こうにも逃げようにも、どうにも身体が動かなかった。

「無礼なら何だと言うのだ。抜いてみろや」

もう一人がへらへら笑いながら、孝二郎の頭を小突こうとした。

しかし、そのときである。

「ふにゃーッ……！」

と、猫のような奇声が響いたかと思うと、白いものが迫って破落戸の一人を突き飛ばしたのだ。何と、いつの間に来ていたか、白粉小町が孝二郎と破落戸の間に割って入ったではないか。

「な、何だ、この福笑いの化け物！」

突き飛ばされた破落戸が、怒鳴りながら白粉小町を逆に突き飛ばした。

「ぎゃん……！」

小町はひっくり返り、傍《かたわ》らの塀に肩を打ちつけて倒れた。

「女に乱暴するな！」

孝二郎は頭に血が昇り、防具を投げ捨てて刀の鯉口《こいぐち》を切った。いかに心と身体がひ弱でも、さらに自分より弱いものが乱暴されたとあっては前後の見境もなくなった。

しかし、信じられないことが起こった。

「むぐ……！」

「ウッ……！　な、何をしやがった……」

破落戸の二人が、いきなり呻《うめ》いて脾腹《ひばら》を押さえ、そのまま蹲《うずくま》ってしまったではないか。

「うん……？」

何が起きたか分からない孝二郎は、悶絶してしまった二人を怪訝《けげん》そうに見下ろした。とにかく、危機は去ったようだ。小町を振り返って助け起こしたが、どうやら彼女は足首をひねってしまったようだ。厚い白粉で表情は分からぬが、眉をひそめて奥歯を食いしばっている。

普通、顔中を白く塗れば歯並びは黄色く見えるのだが、小町の歯はやけに白かった。

「おお、私のために済まない。さあ、背負ってやる。もし大事なければ、こいつも担いでくれ」

孝二郎がしゃがみ込んで背を向けると、すぐに小町は彼の防具と竹刀を自分で担ぎ、そのまま彼の背におぶさってきた。

難儀ではあったが、孝二郎は塀に摑《つか》まりながらやっとの思いで立ち上がった。いかに非力でも、武士が刀や竹刀を杖にするわけにはいかない。

「神田の宝来屋へ行けば良いか？　それとも近くに医者でもあったろうか」

孝二郎が言うと、

「西へ……」

小町が、肩越しに小さく言った。生温かく、ほんのり甘酸《あまず》っぱい息が感じられた。

「西か。なるほど、占いのようなことを言うのだな。私は西の内藤新宿に向かっているのだが、そちらで良いか」

言うと、彼女も頷《うなず》いたので、孝二郎は気絶している破落戸二人をそのままに、とにかく歩きはじめた。武家屋敷の連なる一角で、今の出来事は他に誰も見ていなかったようだ。

確かに剣術道場なら、打ち身や捻挫《ねんざ》の手当ぐらいしてくれるかもしれない。

やがて道場が近づいてくると通行人も増え、白粉小町を背負った若い武士の姿に、多くの人が好奇の眼差しを向けた。恥ずかしいが仕方がない。小町は孝二郎の危機を救ってくれたのだ。

（あるいは、彼女の神通力で破落戸どもを倒した……？）

空想好きの孝二郎は、そうとまで思いはじめていた。彼女が奉公するようになってから宝来屋は、格段に繁盛していると聞く。だから孝二郎は、あるいは彼女は福の神の化身ではないかとさえ思えた。

「まあ、お千夜《ちよ》ちゃんじゃないの。さっき別れたばかりなのに、何があったの」

と、いきなり声をかけてきた女があった。先ほど小町と境内で一緒にいた、実に美しい大年増である。彼女は、三十代半ばの男と一緒にいた。

（そうか、白粉小町の名は、千夜というのか……）

孝二郎は思い、そういえばさっきから不思議に彼女の重みを感じず、疲労も便意も吹き飛んでいることに気づいたのだった。

二

「おお、どうした。足をひねった？　見せてみろ。ああ、わしは医者の結城玄庵《ゆうきげんあん》だ」

美女と一緒にいた男も近づいて言ったが、白粉小町は彼の背にしがみついたまま嫌々をした。

「あはは、おぬしを気に入ったようだな。では防具を持ってやろう」

玄庵と名乗った男が言い、小町が担いでいた防具と竹刀を受け取ってくれ、美女と一緒に池野道場までついてきた。

孝二郎は、背に当たる千夜の胸の膨《ふく》らみと、肩越しに感じられる甘酸っぱい吐息に股間がムズムズしてきてしまった。若い女に触れるのは、これが生まれて初めてなのである。

しかも千夜は厚塗りで素顔を隠しているから、たとえどんなに不器量でも、神秘性が増して彼好みの空想をさせてくれるのだ。

もちろん彼は物語を読みながら淫《みだ》らな妄想にも浸《ひた》り、養子に入って自分の部屋が持てるようになってからは、毎晩のように自慰に耽《ふけ》っていたのだった。

やがて一行は道々自己紹介した。玄庵は神田小川《おがわ》町《ちょう》にある小田浜《おだはま》藩の典医で、助手である美女の名は千影《ちかげ》と言うらしい。千影と千夜は知己で、さっきはたまたま境内で行き会ったようだった。

そして何と、玄庵たちは池野道場とも知り合いだったらしい。

道場に行くと、甲高い気合いと竹刀の交わる音が響いていた。その荒々しい様子に思わず肝の縮《ちぢ》んだ孝二郎だったが、ふと気づいて緊張を和《やわ》らげた。覗《のぞ》いてみると、何と門弟はみな女ばかりだったのだ。

師範も女らしく、どうやら兄は、これぐらいの道場が孝二郎には合っていると思ったのだろう。孝二郎は初めて兄に感謝したぐらいだった。

池野道場は、以前より旗本や御家人の子女ばかりを門弟にしていることで、界隈では多少知られているようだ。

「まあ先生。どうなさいました」

一人が面を外し、道場を出てきて言った。

歳は二十歳《はたち》ばかりの、何とも凛《りん》とした美女だ。これが若い師範、池野冴《さえ》だった。

「ああ、離れの縁先を借りるよ。足をくじいたようだ」

玄庵が言い、千影が手助けすると、ようやく千夜も素直に孝二郎の背から下りた。

「あの、私は巽孝二郎です。今日からお世話になります」

「はい、伺《うかが》っております。間もなく門弟たちが稽古を終えて引き上げますので、そのあとにお支度を」

冴が孝二郎を見て言う。してみると、大勢の門弟に混じるのではなく、個人教授のようだった。やはり男が一人混じっては、武家の子女たちの集中力が乱れるからという配慮なのだろう。

一対一となると、手抜きも出来ず厳しいことになるかもしれないが、この美女に教わるのなら楽しみだと孝二郎は思った。

やがて玄庵が、縁側に腰を下ろした千夜の足首の様子を見て、湿布《しっぷ》してから包帯を巻いた。そうするうちにも、やがて稽古が終わったか竹刀の音が止み、子女たちがぞろぞろと道場を出て行った。

「さあ、では小町はわしたちが送ってゆくから、あなたはお稽古に行きなさい」

玄庵が言い、千影も頷いた。孝二郎が見ると、千夜も厚塗りの顔でじっとこちらを見ていたが、もうむずがることもなく、怪我も大したことがないようで、ちゃんと縁側から降り立っていた。

「わかりました。ではよろしく」

孝二郎は言って頭を下げると、

「左へ飛んで……」

千夜が小さく言った。また、何かの占いだろうか。確かに、さっき西へ行ったら親切な玄庵たちに行き会ったのである。要領を得ぬまま孝二郎が頷くと、千夜は千影に支えられながら、玄庵とともに道場の中庭を出ていった。

孝二郎が防具を持って道場に入ると、すでに冴は防具を着けて待機していた。

着替えの場所を教わると、多くの若い女が着替えた直後だから、室内は何とも甘ったるく生ぬるい芳香が充満していた。それだけで孝二郎は力が脱け、激しく勃起してきてしまった。

着物と袴を脱ぎ、刺し子の稽古着に身を包んだが、もう幼い頃の嫌な気分はなく、美女の手ほどきへの期待が大きくなっていた。兄のお下がりの垂れと胴を着け、面小手と竹刀を持って道場へ入ると、すぐに端座して面小手も着けた。

孝二郎は、軽く素振りをしてから冴に礼をし、稽古を始めた。

さすがに二十一歳とはいえ、道場の娘である冴の動きは素早く、面小手への打突は激しかった。しかし不思議に痛くはない。いや、冴が手加減しているのではなく、同じ強さでも美女に打たれると心地よささえ感じることに気づいたのだ。

もちろん孝二郎がいくら頑張っても、彼の竹刀は冴にかすりもしなかった。四半刻（三十分）近くも動いていると、さすがに息が切れ、竹刀が重く感じられて持ち上がらなくなってきた。それでもへたり込まなかったのは、彼の技量を見た冴が適度に手加減してくれているのと、孝二郎にしては良く奮戦しているからなのだろう。

「エイ……！」

と、冴が大上段から面に打ち込んできた。

孝二郎は一瞬、さっきの千夜の言葉を思い出し、素早く左に飛びながら彼女の逆胴を思い切り打っていた。

「お、お見事です」

冴が、驚いたように動きを止めて言った。

「さあ、その意気！」

彼女は構え直し、必死に孝二郎も対峙した。再び、冴が攻撃を仕掛けてきた。彼も左へ飛んだが、さすがに同じ手は効かず、冴の切っ先がスーッと迫ったかと思うと、彼は喉を突かれて転倒していた。

「うわッ……！」

羽目板に後頭部を打ち、そのまま孝二郎は立てなくなってしまった。

「失礼！　先ほどの逆胴が素晴らしかったもので、つい力が……」

冴が駆け寄ってきて言ったが、もう孝二郎の意識は朦朧《もうろう》としていた。一度倒れると、今まで無理していた分の疲れが一気に出たのだろう。突かれた喉も苦しいし、急激な呼吸困難に陥《おちい》っていた。

彼女は孝二郎の面と防具の全てを手早く脱がせてくれ、軽々と背負うと道場を出た。

冴のうなじに顔を埋めていると、髪の匂いとともに甘ったるい汗の匂いも馥郁《ふくいく》と感じられた。

そのまま、さっき千夜が治療された離れの部屋に行くと、冴は布団を敷いて彼を寝かせてくれた。さらに彼女はいったん部屋を出ると、桶に水を張って戻り、濡らした手拭いで孝二郎の喉を冷やし、さらに汗に濡れた稽古着を脱がせて、乾いた手拭いで身体まで拭いてくれた。

「何とひ弱な。もっと沢山食べて動かないといけませんね」

色白で貧弱な胸や腹を拭いてくれながら、冴が言った。

「は、はあ、済みません……」

ようやく意識もはっきりしてきた孝二郎が答えると、さらに冴は彼の袴まで引き脱がせてしまった。稽古中は下帯まで脱いでしまっていたので、たちまち彼は全裸になったが、冴は気にもせず全身を拭いてくれ、そのうえ水を含むやいな、ぴったりと唇を重ねてきたではないか。

「く……！」

孝二郎は驚きに息を詰め、唐突に密着した美女の唇の柔らかな感触と弾力、そして果実のように甘酸っぱく、湿り気を含んだ吐息に陶然となった。

そして唇の間から、少しずつ水が注がれてきた。

口の中で、僅かに生温かくなった唾液混じりの水で喉を潤《うるお》すと、甘美な悦《よろこ》びが全身に広がり、彼はいつしかすっかり激しく勃起していた。

しかし冴は、口の中にある水がなくなっても唇を離さず、ぬるりと舌まで入れてきたのだ。孝二郎は目を見開いたが、冴は薄目になってじっとしたまま舌を這《は》わせ、次第に熱く息を弾ませながら彼の口の中を隅々まで舐め回してきた。

恐る恐る舌を触れ合わせてみると、柔らかく滑らかな感触が伝わった。冴はさらにぬらぬらと舌をからみつかせながら、彼の胸や腹を撫《な》で回し、徐々に下腹の方へと指を這わせていった。

指先が強《こわ》ばりを捉《とら》えると、

「う……、んん……」

孝二郎は、危うく漏らしてしまいそうなほどの快感を得て呻いた。

冴の指の動きはしなやかで、やんわりと幹を握って動かし、張りつめた亀頭をいじり、緊張と興奮に縮こまったふぐりにまで触れてきた。

自分で行なう手すさびと違い、彼は予想も付かぬ他人の指の動きに身悶《みもだ》えた。

ようやく唇が離れると、唾液が細く糸を引いた。

「ここだけは立派なのですね。もう女をご存知……？」

冴が近々と顔を寄せたまま、熱くかぐわしい息で囁《ささや》くと、孝二郎は小さくかぶりを振った。

緊張と戸惑いに、どうして良いか分からないのだ。

「そう、まだ知らないのですね。では、私が最初の女になっても構いませんか」

冴が、いよいよ危ういと思ったか、一物から手を離して言った。

「最初に見たときから、非常に私好みと思っていたのです。白粉小町を背負って町を歩く優しさにも強く惹《ひ》かれました」

「お、お願い致します。私も、お美しくて強い冴先生に教わりたいです……」

孝二郎は、夢うつつで答えていた。

千夜の言う、左に飛んだことが切っ掛けとなり、結果的にこのような幸運を招いたのだと思うと、孝二郎は兄も破落戸も全てのものに感謝したい気持ちになっていた。

すると冴も手早く稽古着と袴を脱ぎ、彼と同じく一糸まとわぬ姿になってしまった。

三

「ものすごい張りようです。これではいくらも保ちませんね。でも一度出しても、また出来ますね？」

冴が、一物に顔を寄せて囁くと、孝二郎は夢中で頷くばかりだった。

何やら、股間に熱い視線と吐息を感じているだけでも、全身がぼうっとなり、夢で放つときに似た、浮遊するような感覚に包まれはじめていた。

再び、冴がそっと幹の付け根を握り、今度は先端に唇を押しつけてきた。

「ああ……！」

孝二郎は、信じられない出来事に喘《あえ》ぎ、緊張に全身を硬直させていた。

もちろん物語の他にも、彼は多くの枕絵や春本を読んでいたが、まさか一物を口で愛撫するようなことを、武家の女がしてくれるとは夢にも思っていなかったのだ。

冴は髪を結《ゆ》わず、男のように長い髪を後ろで束《たば》ねているだけの、実に野趣溢《あふ》れる男装の美女だ。それが熱い息を弾ませて亀頭をしゃぶり、舌先で鈴口から滲《にじ》む粘液を舐め取ってくれているのだ。

そして幹を舐め下り、ふぐりを舐め回し、二つの睾丸を舌で転がしてくれた。

舌先が、再び肉棒の裏側を舐め上げ、今度は丸く開いた口ですっぽりと喉の奥まで呑み込まれると、もう孝二郎は限界だった。

温かく濡れた口の中でくちゅくちゅと舌が蠢《うごめ》き、たちまち一物全体は美女の温かく清らかな唾液にまみれた。さらに彼女が顔全体を上下に動かし、濡れた口ですぽすぽと摩擦しはじめると、あっという間に彼は絶頂の快感に全身を貫かれてしまった。

「あうう……、い、いけません……！」

腰をよじりながら口走ったが、冴は濃厚な摩擦と吸引、唇と舌の蠢きを止めなかった。

熱い大量の精汁が、どくんどくんと脈打つように勢いよくほとばしり、彼女の喉の奥を直撃した。

「ンン……」

冴は小さく呻《うめ》いて口を引き締め、噴出を受け止めながら、少しずつ喉に流し込んでいった。彼女の喉がごくりと鳴るたび、口の中が締まって駄目押しの快感が得られ、孝二郎は最後の一滴まで絞り尽くしてしまった。

「ああ……」

ぐったりと身を投げ出し、孝二郎は精根尽き果てたように力を抜いて喘いだ。

飲ませてしまった、というよりも、美女に吸い取られた感覚が心地よく、その感激にいつまでも胸の震えが治まらなかった。

冴も、全て飲み干してからようやくスポンと口を離し、まだ濡れている鈴口を丁寧に舐めて清めてくれた。その刺激に、過敏になった亀頭がひくひくと震えた。

「とても濃くて、量も多かったです……」

冴が顔を上げて言い、濡れた唇をヌラリと舌なめずりした。その淫らな仕草に、果てたばかりの一物がすぐにも反応してしまいそうだった。

自分から一物を口にし、量が多いなどと言うからには、冴はすでに多くの体験をしているに違いなかった。しかし未婚の武家娘が無垢《むく》でないことに驚くよりも、孝二郎は剣と色事の、両方の師弟の契《ちぎ》りを結んだことに有頂天になっていた。

「さあ、少し落ち着かれたら、ゆっくりと女の身体をお調べなさい」

冴が、ゆっくりと添い寝しながら囁《ささや》いた。

孝二郎は、まだ射精直後の余韻の中、姉に甘えるように腕枕してもらい、目の前に広がる張りのある膨らみを見た。

「汗臭いのがお嫌なら、急いで井戸で拭いて参りますが」

「いえ、たいそう良い匂いですので、どうかこのまま……」

孝二郎は、甘ったるい芳香に包まれながら答え、夢中で冴の胸に縋《すが》り付いていた。

確かに冴の肌は、じっとりと生温かな汗に濡れていた。鼻先では可憐《かれん》な薄桃色の乳首が突き立っているが、いきなり吸い付くのも憚《はばか》られ、代わりに孝二郎は冴の腋《わき》の下に顔を埋め込んでしまった。

淡い腋毛が色っぽく鼻をくすぐり、汗ばんだ腋の窪《くぼ》みには何とも甘くかぐわしい芳香が籠《こ》もっていた。孝二郎は何度も深呼吸し、美女の体臭を胸に染み込ませながら、むくむくと急激に回復していった。

すると、焦《じ》れたように冴が自分から、彼の口に乳首を押しつけてきた。

ようやく孝二郎もちゅっと含み、顔中を柔らかな膨らみに押しつけながら、恐る恐るもう片方にも手を這わせていった。

彼は亡母の乳首を吸った記憶もないので、実に新鮮な感覚だった。舌で転がすと、こりこりと硬くなった乳首は心地よい感触を伝え、柔らかな膨らみからは、やはり甘ったるい芳香が漂っていた。

「ああ……、いい気持ち……」

冴が顔をのけぞらせて喘ぎ、彼の頬に手を当てて、やんわりともう片方の乳首へと導いた。やはり、両方均等に愛撫しないといけないものらしい。

孝二郎は充分に吸い付き、凛《りん》とした美女の体臭で胸を満たした。たったいま彼女の口に出したばかりというのに、すぐにも暴発しそうなほど高まり、どう仕様もなく呼吸が熱く弾んだ。

そして冴も激しく喘ぎながら、さらに彼の顔を下方へと押しやっていった。

「ここも、お願い……。それとも、女の股座《またぐら》に顔を突っ込むのはお嫌ですか……」

冴が、うねうねと身悶《みもだ》えながら言った。

「嫌ではありません」

むしろ願ってもないことだ。孝二郎は答え、やがて自分から彼女の股間に顔を寄せていいった。冴も僅かに立てた両膝を大きく開いてくれ、その間に彼は腹這いになって中心部に鼻先を迫らせた。

もちろん冴も、平気で大股開きになっているわけではない。両手で顔を覆《おお》い、激しい羞《しゅう》恥《ち》に下腹をひくひくと波打たせ、懸命に喘ぎ声を堪《こら》えているようだった。

この強く美しい冴が、羞恥に震えていると思うと、孝二郎はやや冷静さを取り戻し、この際だから少しでもじっくり観察しようという気になってきた。何しろ、永年憧れていた陰戸《ほと》を、生まれて初めて見ることが出来たのだ。

白くむっちりとした内腿の間に、神秘の部分があった。

下腹から続く滑らかな肌が、股間でふっくらと丸みを帯びた丘になり、そこに黒々と艶のある茂みが密集していた。肉づきの良い割れ目からは、僅かに薄桃色の花びらがはみ出し、ほんのりぬめぬめと潤っていた。

孝二郎は、春画で見たように、そっと指を当てて花弁を左右に広げてみた。

「く……!」

冴が、微《かす》かに息を呑んで呻き、内腿を強ばらせた。

陰唇が開かれると、内容が丸見えになった。全体は、潤いを帯びて息づく桃色の柔肉、そして下の方には、細かな襞《ひだ》に囲まれた膣口があった。その上でぽつんと閉じられた小さな穴が尿口であろうか。

何という清らかで艶《なまめ》かしい眺めだろう。彼は息を呑み、美女の陰戸に目を凝らした。

割れ目の上の方には、小指の先ほどの包皮の出っ張りがあり、その下からは、何ともつやつやと綺麗な光沢のあるオサネが顔を覗かせていた。

股間全体には、生ぬるく甘ったるい熱気と湿り気が籠もり、もう我慢できず、孝二郎は吸い寄せられるように顔を埋め込んでいった。

茂みに顔を押しつけると、実に柔らかな感触が鼻をくすぐってきた。上の方は甘ったるい汗の匂いが籠もり、下の方へ行くほど、蒸《む》れた残尿などの悩ましい刺激が馥郁と感じられた。

「アア……」

舌を這わせると、冴が声を洩らし、内腿できゅっときつく彼の顔を締め付けてきた。

孝二郎は陰唇を舐め、徐々に奥へと差し入れていった。ぬるりとした蜜汁は、淡い酸味を含み、柔肉の感触が舌に心地よかった。

そして艶かしい味や匂い以上に、美女の陰戸に顔を埋め込み、舐めているのだという状況に彼は激しく燃え上がった。

膣口を囲む細かな襞を舐め回し、どんどん溢れてくるぬめりをすくい取り、ゆっくりと

オサネまで舐め上げていくと、

「ああーッ……！　そ、そこ……」

冴が声を上げ、股間を突き出すように愛撫をせがんできた。

孝二郎は舌先をオサネに集中させ、溢れる蜜汁をすすり、心ゆくまで茂みに染み込んだ女の匂いを嗅《か》いだ。

冴の身悶えはますます激しくなり、何度かビクンと腰を浮かせたとき、孝二郎はそのまま彼女の脚を浮かせ、白く丸い尻の谷間にも鼻先を潜り込ませていった。

双丘の奥には、ひっそりと薄桃色の蕾《つぼみ》が閉じられていた。何という可憐な形と色合いだろう。孝二郎はしみじみと観察をし、やがて鼻を埋め込んでいった。

秘めやかな匂いが、心地よく鼻腔を刺激してきた。確かに覚えのある匂いに違いないのに、美女のものと思うと何とも妙《たえ》なる芳香に思えた。

舌を這わせると、細かな襞の震えが伝わってきた。そして充分に唾液でぬめらせてから舌先を押し込んでいくと、内部のぬるっとした粘膜が感じられた。

「あう……！」

冴は息を詰めて呻き、潜り込んだ舌先を締め付けてきたが、それでも脚を浮かせたまま素直に舐めさせてくれていた。

孝二郎は充分に内部を味わい、新たな蜜汁の溢れるワレメに鼻を押しつけた。

そして肛門の収縮を感じながら、ようやく舌を引き抜いて脚を下ろさせ、そのまま大量の淫水をすすりながら再び割れ目からオサネまで舐め上げていった。

「ゆ、指も入れて……、お願い……」

たちまち冴が声を上ずらせて口走り、孝二郎もオサネに吸い付きながら指を膣口に押し込んでいった。

中は温かく濡れ、指は滑らかにヌルヌルッと根元まで吸い込まれていった。

そして内部で蠢かせながらオサネを舐めるうち、とうとう冴は気を遣《や》ったように狂おしく、がくんがくんと激しく股間を跳ね上げて悶えた。

四

「アアーッ……！　い、いく……、もう堪忍……！」

冴が息も絶えだえになって言い、それ以上の刺激を拒《こば》むように腰をよじった。

やはり男の射精と同じく、女も昇り詰めたあとはあまり触れられていたくないのかもしれない。孝二郎は舌を引っ込め、指を引き抜いて身を起こした。

攪拌《かくはん》された淫水は白っぽく濁り、蜜汁にまみれた指は湯上がりのようにふやけていた。冴は横向きになって身体を縮め、いつまでもひくひくと痙攣《けいれん》し、荒い呼吸を繰り返していた。

孝二郎は、早く入れてみたかったが、冴が正体を失くしている間は控えた方が良いだろうと思った。その代わり、まだ味わってみたい部分があるので、彼は屈《かが》み込み、冴の太腿から脛《はぎ》の方まで舌を這わせていった。

多くの春本や枕絵を見て、さらに空想の世界に遊んでばかりいた彼は、美女の肉体の全てを味わってみたいという願望を抱いていたのだ。だから武家とはいえ、陰戸どころか美女の足の裏まで舐めることにも何のためらいもなかった。

男っぽく逞《たくま》しい冴の脛には、産毛《うぶげ》と紛《まご》う臑毛《すねげ》もあり、それもやけに艶めかしく感じられた。孝二郎は足首まで舐め下り、とうとう足裏に顔を押しつけた。

足の裏は道場の埃《ほこり》に黒ずみ、指の股は汗と脂《あぶら》に湿り気を帯びていた。

指の間に鼻を埋め込むと、ほんのりと蒸れた匂いが感じられ、彼の股間に響いてきた。

「あ……」

じっと身を投げ出していた冴も、彼が爪先にしゃぶりつくと、小さく声を洩らした。

舌を這わせると、唾液に濡れた爪が桜色の光沢を放った。指の股はうっすらとしょっぱい味がし、彼は順々に指の股に舌を割り込ませて味わい、もう片方も同じように念入りに賞味した。

「ああ……、入れて……」

ようやく我に返った冴が、再びごろりと仰向けになって言った。

孝二郎も身を起こし、彼女の股間に迫っていった。すっかり急角度にそそり立っている肉棒に指を添え、先端を陰戸に押し当てた。

気負う心を抑えて位置を探りながら、ぬめりを与えるように割れ目にこすりつけると、

「そう、そこ……、来て……」

冴が僅かに腰を浮かせ、位置を合わせてくれながら言った。

緊張しながら腰を進めると、張りつめた亀頭がぬるっと潜り込んだ。

「アア……、もっと、いちばん奥まで……」

冴が身を反《そ》らせて喘ぎ、孝二郎も根元まで挿入していった。実に滑らかな感触と襞の摩擦が一物を包み込み、たちまち彼自身は温かく濡れた肉壺に納まった。

「脚を伸ばして、遠慮なく乗ってください……」

冴が、快感を嚙《か》みしめながら熱っぽい眼差しで囁いた。

孝二郎は、抜け落ちないよう股間を押しつけ、注意深く片方ずつ脚を伸ばしていった。

そして身を重ねると、冴の汗ばんだ肌がぴったりと密着し、彼女も下から激しい力でしがみついてきた。

孝二郎は、実に柔らかで弾力ある肌に身を預け、あらためて陰戸の温もりと感触を嚙みしめた。

「いいわ、とっても大きい……。突いて、うんと激しく……」

冴がかぐわしい息で囁き、下からずんずんと股間を突き上げてきた。

孝二郎も、それに合わせて腰を前後させ、肉襞の摩擦を味わった。

しかし、どうにも美女を組み敷いている緊張が大きく、快感が二の次になってきてしまった。やはり日頃から楽な姿勢での手すさび、座ったり寝ころんだりして行なってばかりいたから、のしかかっての快感に慣れていないのだろう。

そのうち、勢い余った一物がぬるりと引き抜けてしまった。

「あん……、早く……」

冴が不満げに声を洩らし、再び挿入をせがむように腰をよじった。

しかし孝二郎は、奮い立たせようとしても気負いに萎《な》えはじめ、どうにも挿入できなくなってしまった。

「いいわ、下になって」

冴は咎《とが》めるでもなく、すぐに言って身を起こしてきた。

孝二郎は、冴の匂いのする布団に仰向けになり、受け身の体勢になると現金にも期待に胸が高鳴り、すぐにも一物が鎌首をもたげはじめてきた。やはり異世界に迷いたい妄想に浸ることが多かった彼は、自分から行動を起こすよりも、妖しい美女に手ほどきされ、翻《ほん》弄《ろう》される方を望んでいるのかもしれない。

冴は屈み込み、もう一度舌を伸ばしてきてくれた。そして自分の蜜汁に濡れた亀頭を舐め回し、喉の奥まで呑み込んで、温かな口の中で舌を蠢かせた。

「ああ……」

孝二郎は快感に喘ぎ、たちまち彼女の唾液にまみれて回復した。

冴は熱い息を彼の股間に籠もらせて、すっかり元の大きさに戻すと、口を離して顔を上げ、そのまま跨《また》がってきた。

男を跨ぐにもためらいがなく、まるで颯爽《さっそう》と馬にでも跨るような仕草が小気味よく、孝二郎は感激の面持ちで冴を見上げていた。彼女は片膝を突いたまま幹に指を添え、先端を陰戸に押し当てながら腰を沈み込ませてきた。

「アアッ……！」

冴が座り込みながら喘ぎ、たちまち肉棒はぬるぬるっと滑らかに柔肉の奥に呑み込まれていった。

「く……！」

さっきより挿入感が深く、思わず孝二郎は呻いて気を引き締めた。冴も息を詰めて完全に座り込み、股間をぴったりと密着させながら、ぐりぐりと腰を押しつけてきた。

中は熱く濡れ、一物はきゅっと心地よく締め上げられた。

やがて冴が身を重ね、胸を合わせて彼の肩に腕を回してきた。完全に組み敷かれ、孝二郎は無意識に股間を突き上げながら彼女にしがみついた。

「いいわ、もっと強く、奥まで……」

冴が囁きながら、自分も腰を動かしはじめた。

互いの動きも、さっきとは比べものにならないほど一致し、何とも心地よい摩擦と温もりが彼を包み込んだ。柔らかな茂みがこすれ合い、こりこりする恥骨の膨らみまで下腹部に感じられた。

冴は上から唇を重ね、舌を差し入れながら律動を続けた。

「う……」

孝二郎も舌をからめ、美女の甘酸っぱい息と温かな唾液を吸収しながら腰の動きを速めていった。大量に溢れる蜜汁が彼のふぐりから内腿までぬめらせ、動くたびにぴちゃくちゃと淫らに湿った音が響いてきた。

たちまち快感が突き上がり、もう止まらなくなった。孝二郎は冴の舌を吸いながら股間を突き上げ続け、あっという間に昇り詰めていた。

「あぁッ……！　熱いわ。もっと……、アァーッ……！」

孝二郎はありったけの精汁を噴出させると同時に、奥に直撃を受けた冴も同時に気を遣ったようで、彼女は口走りながら身悶えた。

とにかく孝二郎は快感に身を震わせ、最後の一滴まで心おきなくほとばしらせた。美女の口に出すのも最高だったが、こうして一体となり、快感を分かち合うのは格別なのだと実感した。

ようやく出し切って動きを止めると、冴も全身の硬直を解いて力を抜き、遠慮なく彼に体重を預けてきた。孝二郎は間近に冴の甘酸っぱい息を嗅ぎ、温もりに包まれながら、うっとりと快感の余韻を味わった。

とうとう念願の筆下ろしをしたのだ。しかも相手は初対面の美人武芸者である。生きていれば、世の中にはこんな幸運の巡り合わせもあるものだと思った。

「良かったですよ、とても……」

耳元で、冴が荒い呼吸とともに囁き、深々と納まったままの一物をきゅっと締め付けてきた。彼も応えるように、ぴくんと内部で脈打たせた。

「これからも剣術の稽古のあと、もし互いの淫気が一致していたら、このお部屋で致しましょうね……」

「は、はい。是非にも……」

言われて、孝二郎も勢い込むように答えていた。そうなれば、もう道場通いも休むものかと思った。今までは、五日に一度ぐらい通えば良いだろうと思っていたのだが、こうなれば毎日だって来るつもりだった。

やがて呼吸を整えると、冴がゆっくりと股間を引き離し、懐紙を手にして一物を包み込んでくれた。

「あ……、自分で致します……」

孝二郎は慌てて飛び起きようとしたが、

「良いのですよ。初めてなのだから、今日は私に任せて、じっとしていなさい」

冴が言い、一物を拭き清めると、手早く自分の陰戸も拭った。そして添い寝して顔を寄せると、

「何と可愛い……。明日も来るのですよ。必ず……」

かぐわしい息で囁き、そっと彼の唇を嚙んでくれた。

「そうか。内職を探しているのなら、うちを手伝ってくれぬか」

「ほ、本当ですか……」

五

結城玄庵に言われ、孝二郎は思わず顔を輝かせていた。

池野道場からの帰り道、また玄庵にばったり会った孝二郎は、誘われるまま彼の家に立ち寄っていたのだ。

結城家は、小田浜藩の上屋敷にほど近い神田淡路《あわじ》町にあり、妻のせんは一子新三郎《しんざぶろう》や実家の両親たちと箱根《はこね》へ湯治に行っているようだ。箱根は、元々小田浜藩の所領に近いから何かと出向いているらしい。

だから、今は玄庵一人で暮らし、ここから藩邸へ通う毎日を送っているようだった。

「ああ、本の整理をしてもらい、あとは留守番代わりだな。道場へは、ここから通うといい。せんが戻るまでの十日ばかりだが、それで良ければ」

「はい。お願い致します」

孝二郎は頭を下げ、嬉しそうに室内の書物の山を見た。医学書ばかりでなく、戯作や春本まであるではないか。

「急ぐことはないから、のんびり読みながら片付けてくれればよい」

「有難うございます。わあ、真似ゑもんがある」

孝二郎は、目についた一冊を手にした。それは『風流艶色・真似ゑもん』という鈴木春《すずきはる》信《のぶ》の絵草紙で、二十数年前の明和《めいわ》年間に出た珍本だ。孝二郎は探していたのだが、なかなか見つからなかったのである。

内容は、仙薬で小さくなった男が様々な男女の閨《ねや》を覗くという話だ。他にも、奥村政信《おくむらまさのぶ》の『夢想頭巾』といって、魔法の頭巾をかぶると小さくなり、物陰から色事を覗き見るという絵物語もある。こうした、小さな男が登場する本を『豆男』ものと言う。

「ほう、そういうのが好きか」

「はい。幼い頃から、身体が五寸（十五センチ強）ばかりになって、女の口や陰戸に入ってみたいと願ってばかりおりました」

「ふむ、面白いな。小さくなって細部を観察したいというのは、医師の目でもある」

「そんな、大層なものではないのですが、何か現実とは違う、妖しい世界に入ってみたいとばかり思って過ごしてきました」

「そうか。藤介《とうすけ》と話が合うかもしれん。藤乃屋《ふじのや》という市《いち》ヶ谷《や》にある摺師《すりし》だが、いずれ紹介しよう。では、今日はまた出かけるからな、あとはよろしく頼む」

そう言って、玄庵は薬箱を持って出かけてしまった。

今日はたまたま、忘れ物を取りに戻ったときに孝二郎と行き会ったようだった。

玄庵は、いつも八ツ半（午後三時頃）には帰宅するというので、それまでは読書に専念できそうだった。

孝二郎は、書庫と座敷と厠《かわや》のみを確認し、もちろん他の部屋には入らなかった。玄庵の妻せんがどのような女か知らぬが、三十代の新造の化粧品や着物などを見ると、つい匂いを嗅いで手すさびしてしまわないとも限らない。彼は武家の矜持より淫気が優先、という自分の性格をよく知っているのだ。

だからまず書庫に入り、整理をはじめた。

医学書も興味があるので、何もかも読みたくなってしまったが、まずは自分が探していた本から開いてみた。

真似ゑもんも実に面白いが、少々物足りない部分もある。それは、せっかく五寸ばかりの豆男になったというのに、主人公は男女の情交を部屋の隅や布団の陰から覗くばかりで自分自身が陰戸に潜り込んだりしないのだ。そのときの巨大な女陰や大量のぬめり、匂いまで細かに描写してくれたらよいのに、と思うのである。

孝二郎は、御伽草子の『一寸法師』も好きだった。それなのに物語の終わりでは、一寸法師は打ち出の小槌で大きくなり、ごく普通の男になってしまうのだ。どうして、小さな彼と大きな姫君と幸せに暮らさないのだ、と大いに不満であった。

しかし読みふけると、あっという間に時間が経ってしまった。

やがて玄庵が帰宅すると、孝二郎は番町《ばんちょう》の家に帰り、借りた本を読んで過ごした。

翌朝、また淡路町の玄庵の家に来て、彼が藩邸へ行くと、読書しながら書庫の整理をした。そして池野道場へ行って稽古をし、また淡路町へ戻り、手弁当の昼餉《ひるげ》を終えて、また玄庵が帰宅するまで読書をするという毎日を過ごした。

冴との情交は、まだ初回のみで、その後はなかなか思うようにいかなかった。冴の淫気も溜まっているのだろうが、稽古のあとに来客があったり、あるいは母屋の親に呼びつけられたりして、離れで二人きりになれないのである。

それでも孝二郎は冴との稽古が楽しく、痛みも疲れも感じないようになっていた。今まで、これほど熱心に剣術の稽古をするのは初めてだった。

読書と剣術、まさに文武両道の生活となり、しかも玄庵からは些少《さしょう》ながら手当ももらえるのである。もっとも、せんが箱根から帰ってきたら、この楽しい日々の半分は終わってしまうだろう。

そんなある日、池野道場の稽古を終えて書庫の整理をしていると、庭にふらりと白粉小町、千夜がやってきた。

「おお、小町か。千夜というのだな。その後、足の方は大丈夫か」

孝二郎が声をかけると、相変わらず厚塗りの顔で千夜はにっと笑って頷いた。

顔中が白いのに、歯も白目も純白で、作り物の人形のようだった。あるいは、前に破戸が言った、福笑いというのも的を射ている。

淡く眉墨と頬紅をはき、唇はおちょぼ口に紅を塗っていた。孝二郎より小柄で、白粉を塗っていない手足は健康的な小麦色をしていた。

千夜は縁側に座り、背の風呂敷包みを下ろした。

「ああ、せっかくだが、ここのご新造は箱根へ行っていて留守なのだ。紅白粉を買う客もいないが、まあ少し休んでゆくと良い」

孝二郎は、自分の家でもないのに言い、千夜といられるのを嬉しく思った。

「私は巽孝二郎という。千夜は、いくつなのだ？」

「十八」

「何だ、私より一つ上だったか。生まれはどこなのだ」

「うんと遠い山の中」

千夜が、鈴の転がるような可憐な声で答えた。

「そうか。まあ、色々事情があるのだろう。深くは訊《き》くまい」

孝二郎が言って並んで座ると、すぐに千夜が横から身体をくっつけてきた。どうやら、相当に懐《なつ》かれてしまったようだ。

もちろん嫌ではない。男装の冴も強くて好きだが、孝二郎の好む妖しさという点では、この千夜の方がずっと神秘性が勝っている。

思わず孝二郎は千夜に手を回し、子猫でも可愛がるように肩を撫でた。

すると千夜が顔を上げて、近々と孝二郎を見つめてきた。

目にも縁取りが塗られているが、元々大きくつぶらな目なのだろう。それが不思議そうに彼を見上げていたが、やがて小さな赤い口を開き、白く滑らかな歯並びの間から、ちろりと舌を伸ばしてきた。

「うん？　どうするのだ？」

孝二郎は胸を高鳴らせて言い、さらに千夜が顔を寄せてくるので、自分も舌を伸ばして触れ合わせた。

紅白粉が溶けぬよう、舌だけで口吸いをしたかったようだ。

ほんのりと生温かく、果実のように甘酸っぱい息が弾み、孝二郎は激しく勃起しながらちろちろと千夜の舌を舐めた。それは甘く柔らかく、彼の身も心もうっとりとさせた。

やがて舌が引っ込み、顔が離れた。

厚化粧なのに、千夜の顔中が羞恥に赤く染まったような気がした。

「孝二郎様……、好き……」

千夜が、熱い息で囁いた。

「ああ、私もお前が可愛ゆくてならない」

彼が言うと、千夜はようやく熱い視線を外し、再び安らぐように彼の肩に頭を乗せ、じっと寄り添った。

（このまま、座敷で情交してしまおうか……）

そんなことを思ったが、さすがに玄庵の留守宅を使うわけにはいかない。

すると、そのとき庭に人が入ってきてしまった。

「まあ、仲が良いこと」

千影である。どうやら玄庵の使いで、何か取りに来たようだった。

すると千夜はぱっと離れて縁から下り、手早く荷を背負った。そして彼女は孝二郎と千影にぺこりと頭を下げ、そのまま小走りに庭を出て行ってしまった。

「ごめんなさいね。お邪魔だったようで」

千夜を見送った千影は、笑みを洩らして孝二郎に言った。

「いえ……」

「実は、少々お話がございます」

千影は縁側から座敷へ上がり、何事かと孝二郎も差し向かいに座った。

「はあ、何でしょうか」

「実は、あのお千夜のことです。あの娘は、私の姪《めい》に当たるのです」

千影の言葉に、孝二郎は目を丸くした。

「え！　そうなのですか。千夜は、遠い山の中で生まれたと言っておりましたが」

「はい。私どもは、小田浜の城下から遥《はる》か離れた山奥、箱根と足柄《あしがら》の中間にある、姥山《うばやま》という里の出なのです」

「う、姥山……。何やら、妖しげな名ですね」

孝二郎は興味を覚え、身を乗り出して千影の話を聞いた。

「姥山は、小田浜藩に仕える素破《すっぱ》の里なのです」

「素破……？　そのようなものが、今もあるのですか……」

孝二郎は驚いた。今は寛政《かんせい》六年（一七九四）二月。戦乱もなく、長く泰平が続いている世の中なのに、未だに主君の危機に馳せ参じるため、日々過酷な訓練に明け暮れているというのだろうか。

「ございます。しかも姥山の衆は女系ばかりで、滅多に男が生まれません」

「そ、それは……」

孝二郎は、行ってみたいと思った。そこは美女ばかりの桃源郷のようではないか。

しかし小田浜藩士ならともかく、旗本が勝手に江戸を出るわけにはいかない。自由な時間は余りあるくせに、一応は公方《くぼう》様を守るという名目があるから、江戸を離れられないのだった。

「では、千影様も、あの千夜も、素破……？」

孝二郎は言い、さらなる千影の言葉を待った。

第二章　淫らな術に溶《と》かされて

一

「はい。私も千夜も素破です」

千影が言い、孝二郎は、まだ首をかしげていた。目の前にいる、この三十代半ばの美女にも、数々の術が仕込まれているのだろうか。

（いきなり斬りつけても、軽々と跳躍でもして身をかわすのだろうか。いやいや、私ぐらいの剣技では、かえって反撃を食らえば命取りになるかもしれない……）

孝二郎は思った。

そんな彼の思惑に気づいているのかいないのか、千影は言葉を続けた。

「宝来屋は、小田浜から出てきた者たちで作った店です。最初は小田浜の名産を売り、やがて手を広げて簪《かんざし》や紅白粉などの小物も扱うようになりました」

「そうでしたか。それで千夜も奉公を」

「はい。お千夜は私の姉、つまり姥山の頭目の娘ですから、いつまでも里を出ているわけに参りません。好きな男の子種を仕込み、姥山へ帰らなければならないのです」

「なるほど……」

頭目を継ぐとなれば男捜しのみならず、せめて若い時期に見聞を広めるため、それで江戸に出てきたのだろう。

では、二人の破落戸を倒したのも、千夜自身だったようだ。突き飛ばされて倒れながら、咄嗟《とっさ》に石飛礫《つぶて》でも投げ、破落戸たちの急所にめり込ませていたのかもしれない。

当然ながら、素破が足などぐじくわけもないから、それは孝二郎と一緒にいたいための演技だったのだろう。

「なぜ、千夜は白粉で厚化粧を？」

「顔形にとらわれず、好意を寄せてくれる男を捜すためですが、もう一つ、実はお千夜の顔が」

「顔が……？」

孝二郎は、息を呑んで次の言葉を待った。あまりに醜いのだろうか。それでも孝二郎は、千夜への好奇心と執着が膨れ上がっていくのを感じた。

「この世のものとは思われぬ、あまりに飛び抜けた美貌だからです」

「う……！」

美しすぎるのか、と孝二郎はなおさら関心を寄せた。

「小田浜の城下を素顔で歩いただけで、大変な騒ぎとなりました」

「それほどまでに……」

「お千夜は、どうやら孝二郎さんに決めたようです。もし、お嫌でなければお千夜にお情けを頂戴したいのですが」

「それは、もちろん私も千夜を好いております。いや、顔は分からぬが、浅からぬ縁《えにし》を感じておりますので」

孝二郎に否《いな》やはなく、勢い込むようにして言った。やがて姥山へ帰ってしまうと言うのだから、いずれくる別れを思うと辛《つら》いが、淫気も恋情も今は千夜に向いてしまっている。

冴は、あくまで師であった。

「有難う存じます。しかし、まだ時期ではありません。お千夜は無垢《むく》な上、自分の力の加減を知りません」

「力とは……？」

「姥山の衆には体術の他に、それぞれ得意技があり、それを修練しております。お千夜は人相見と淫法」

千影が言う。人相見は、千夜が得意としている占いであろう。

「淫法とは？」

「古来は、敵方を誘惑し快楽に溺《おぼ》れさせる術、あるいは虚弱で子種の少ない主君に情交の快楽を教える術です。お千夜は優秀な頭目の血を引いている以上、その力も絶大で、ややもすれば相手の精を抜き取って殺《あや》めてしまう場合があるかもしれません」

「そ、それは何とも……」

妖しくも恐ろしい術であろうか。しかし、それはまさに孝二郎が憧れ続けていた、あやかしの美女ではないか。

「ですから、初めてのときは私が立ち会わねばなりません。それでも、よろしゅうございますか」

「は、はい。もちろん、知らぬ世界のことなれば、ご指示を仰ぐ他ございませんが」

言われて、孝二郎は新たな期待と興奮に胸を熱くさせた。この世のものとは思われぬ美貌の千夜と情交できるばかりか、この気品ある美女も同席するというのだ。それは何とも気恥ずかしく、また妖しいときめきを伴う行為ではないか。

「ではまず、今日これから私と行ない、淫法の一端がどのようなものかお試しくださいませ」

「え……、これから……」

孝二郎は戸惑いながら言い、どきりと胸を高鳴らせた。

すると千影は立ち上がり、縁側に面した障子を閉めて、手早く床を敷き延べはじめてしまった。どうやら本気のようだ。

「もう、女はご存知ですね？」

いきなり言われ、

「は、はあ……、何とも……」

孝二郎は、曖昧《あいまい》な返事しかできなかった。あるいは千影も人相見ぐらいするのかもしれない。

「では、どうかお脱ぎくださいませ。全部」

言いながら、千影は自分もしゅるしゅると帯を解きはじめた。良いのだろうか。玄庵の家でこのような行為を。まだ日は高いから、玄庵が帰宅するには間があるし、それは千影も承知しているのだろう。

孝二郎も立ち上がり、脇差を置いて袴を脱ぎはじめた。もちろん美しい千影を前に、一物は激しく屹立しはじめていた。

千影は着物を脱ぎ、座り込んで足袋《たび》と腰巻きまで取り去ると、とうとう襦袢《じゅばん》まで脱いで全裸になり、先に横たわった。続いて孝二郎も下帯を解き、同じく一糸まとわぬ姿になって添い寝した。

肌の熱気が、心地よく伝わってきた。やはり二十一歳の冴と違い、三十代半ばの千影は甘ったるい体臭も実に上品に熟成した感じだった。

「さあ、射出するのは、したいことを心おきなく行なってからが最も良うございます。まずはご存分に」

仰向けになり、千影が受け身になりながら言った。

してみると淫法の神髄は射精の時、もしくは挿入してから発揮されるのだろう。それまでは、孝二郎が好き勝手に行動して良いようだった。

彼は身を起こし、恐る恐る千影に顔を寄せていった。

美人である。姪である千夜が絶世の美少女というのだから、どことなく似た感じなのかもしれない。

千影は長い睫毛《まつげ》を伏せ、じっとしている。乳房は手のひらに余るほど豊かで、白い肌は実にきめ細かかった。

やや肉厚の色っぽい唇が僅かに開き、ぬらりと光沢のある歯並びが覗いていた。医師の助手として、さして化粧などしていないだろうに、うっすらと赤みのさした頬は滑らかで、唇も潤いのある紅色をしていた。

そっと唇を重ねると、柔らかな弾力が伝わり、湿り気を含んだ甘い匂いの息が鼻腔をくすぐってきた。

舌を伸ばし、唇の内側のぬめりを舐め取りながら、白く綺麗な歯並びをたどると、千影の前歯も開かれて、さらに甘い匂いが濃く漂った。舌をからめると、柔らかで温かく濡れた舌が、ぬるっと孝二郎の口に侵入してきた。

千影の舌は長く、彼の口腔を隅々まで舐め回し、孝二郎は美女の唾液と吐息にうっとりと酔いしれた。

彼は気が済むまで千影の舌を味わい、温かな唾液を吸い、かぐわしい匂いで胸を満たしてから、ようやく口を離した。そして白い首筋を舐め下り、何とも形良く豊かな乳房に顔を埋めていった。

「ああッ……」

色づいた乳首に吸い付くと、千影が小さく声を洩らし、びくんと肌を波打たせて反応した。

孝二郎は膨らみに顔中を押しつけ、うっすらと汗ばんだ肌の匂いを嗅ぎながら乳首を舌で転がし、もう片方も念入りに吸って味わった。もちろん腋の下にも顔を埋め込み、色っぽい腋毛に鼻をくすぐられながら、熟れた女の匂いを心ゆくまで吸収した。

そして肌を舐め下り、形良い臍《へそ》に舌を差し入れて蠢《うごめ》かせ、さらに柔らかな腹部に耳を当ててみた。

心地よい弾力や温もりとともに、微かに腸の躍動が聞こえてきた。

何やら熟れ肌の匂いに包まれていると自分が豆男になり、この美女の口から呑み込まれ、体内で溶かされているような錯覚に陥った。

そして滑らかな下腹と腰を舐め、ふと孝二郎は顔を上げた。

「あの、どこをお舐めしてもよろしいですか……」

「はい。ご存分に。何をされても拒《こば》みは致しませぬので」

言われて勇気づけられ、孝二郎はむっちりと張りのある太腿から脛、足首へと舌でたどっていった。そして足裏を舐め回し、指の股に鼻を埋め込んだ。これほどの美女でもやはり汗と脂《あぶら》の湿った匂いが籠もり、爪先にしゃぶりつくとうっすらとしょっぱい味が感じられた。

「あう……」

ぬるっと舌を割り込ませると、千影が小さく呻いて足を強ばらせた。淫法とやらの手練《てだ》れでも、やはり感じるのは同じなのだろう。

孝二郎は両足とも、味と匂いが消え去るまで充分に舐め回してから、千影にはうつ伏せになってもらった。彼女も素直に腹這いになって、豊かな尻と白い背中を向けてくれた。

孝二郎は踵《かかと》から脹《ふく》ら脛《はぎ》へと舐め上げ、ひかがみと太腿を味わい、尻の丸みをたどっていった。

まだ谷間は後回しにし、腰から背中を舐めていくと、ほんのりと汗の味がした。うなじまで行き、甘い髪の匂いを嗅いでから再び舐め下り、今度は両の親指で尻の谷間を開き、その中心に顔を埋め込んでいった。

二

「アア……」

顔を伏せたまま千影が喘ぎ、白く丸い尻をくねくねと動かした。

孝二郎は、可憐な薄桃色の蕾に鼻を埋め込み、顔中にひんやりした尻の丸みを密着させながら、秘めやかな匂いを味わった。

舌を這わせて細かな襞の収縮を探り、内部にも潜り込ませて粘膜を舐めた。

そして充分に美女の肛門を味わい尽くすと、彼は再び千影に仰向けになってもらい、片方の脚をくぐりながら股間に顔を迫らせた。

千影も大股開きになってくれたが、大胆さの中にも優雅な羞じらいが感じられ、孝二郎は彼女の表情と股間の中心部を交互に見た。

黒々とした茂みは艶《つや》があり、丸みを帯びた割れ目からは綺麗な桃色の花弁がはみ出していた。

指を当てて広げると、内部は蜜汁に潤い、柔肉が艶かしく息づいていた。膣口も微《かす》かな収縮を繰り返し、光沢あるオサネも包皮を押し上げるように突き立っていた。

孝二郎は、悩ましい芳香に吸い寄せられるように顔を埋め込み、柔らかな茂みに鼻をこすりつけた。隅々には生ぬるく甘ったるい汗の匂いと、蒸れた体臭がたっぷりと染み込んでいた。

彼は何度も鼻を鳴らして嗅ぎながら舌を這わせ、ねっとりと溢れる蜜をすすり、膣口の襞からオサネまで舐め上げていった。

「あう……、いい気持ち……」

千影が身を反らせて口走り、孝二郎も彼女の豊かな腰を抱え込んで執拗《しつよう》に舌を蠢かせた。オサネに吸い付きながら目を上げると、白く滑らかな下腹がひくひくと波打ち、豊かな乳房の間から、千影ののけぞる丸い顎《あご》が見えた。

冴の時も思ったが、美女の股座に顔を埋めている状況とその眺めは最高だった。

本当に豆男になれたなら、この神秘の穴から奥へ奥へと身体ごと潜り込んでゆきたいほどだった。

「アア……、どうか、私にも舐めさせてくださいませ……」

喘ぎながら、千影が言った。孝二郎は割れ目に顔を埋め込んだまま、徐々に身を反転させ、彼女の顔の方に股間を迫らせていった。

やがて千影も彼の腰を抱き寄せ、二人は互いの内腿を枕にして、最も感じる部分を舐め合った。

「く……」

亀頭を含まれ、孝二郎は息を詰めて呻きながらオサネに吸い付いた。

熱い息でふぐりをくすぐりながら、千影はもぐもぐと喉の奥まで呑み込んでいった。

口の中は温かく濡れ、内部ではクチュクチュと長い舌がからみついて蠢き、たちまち肉棒全体は美女の唾液に温かくまみれた。

孝二郎は競い合うようにオサネを舐め回していたが、やがて限界が迫り、降参するように口を離した。

すると千影もすぽんと一物から口を離し、身を起こしてきた。

「ご無礼します。上になりますよ……」

千影が言い、仰向けになった孝二郎の股間に跨ってきた。冴との時も茶臼《ちゃうす》（女上位）の方がしっくりいったので、孝二郎には願ってもない体位だった。

彼女は唾液に濡れた幹に指を添え、先端を陰戸にあてがいながらゆっくりと腰を沈み込ませてきた。

「ああ……」

千影が喘ぎ、ぬるぬるっと一物を受け入れながら完全に座り込んだ。

孝二郎も息を詰めて暴発を堪《こら》え、熱く滑らかな柔肉に締め付けられて悶えた。

互いに股間を密着させただけで、まだ動かず、すぐに千影は身を重ねてきた。そして屈み込み、彼の乳首を吸い、舌を這わせてきた。

「く……」

彼は妖しい快感に呻き、肌をくすぐる熱い息と、舌のぬめりに高まった。

「まだ、我慢なさいませ。あとで、心おきなく放っていただきますので……」

千影が囁《ささや》き、もう片方の乳首にも舌を這わせ、たまに軽く噛んでくれた。

「あう……、気持ちいい……」

孝二郎は、また幼い頃からの艶《なまめ》かしい空想、美女に食べられるという錯覚に陥って息を荒げ、彼女の内部でひくひくと一物を震わせた。

やがて乳首から口を離し、千影が彼の首筋を舐め上げ、唇を重ねてきた。胸に豊かな乳房が密着して弾み、彼女は舌をからめながら次第に腰を動かしはじめた。

待ちきれなくなった孝二郎も股間を突き上げ、何とも心地よい摩擦とぬめりを感じながら、注がれる生温かな唾液で喉を潤した。

「さあ、構いませんよ。心おきなくお出しくださいませ。それとも、もっとこのように致しましょうか？」

千影が熱く甘い息で囁き、腰の動きを激しくさせながら、彼の鼻の穴から額まで舐め上げ、さらに顔中を長い舌で舐め回し、かぐわしい唾液でぬるぬるにしてくれた。そのうえ、彼の耳朶や頬を軽く噛み、まるで咀嚼《そしゃく》しているかのようにもぐもぐと歯で刺激してくれた。

何を好むか、彼の心を読んでいるかのように濃厚な愛撫で、たちまち孝二郎はしがみつきながら昇り詰めてしまった。

「く……！」

激しい快感に呻きながら、孝二郎は熱い精汁を勢いよくほとばしらせた。

しかし心の片隅で、これのどこが淫法なのだろうかという疑問も生じた。確かに美しい千影の熟れ肌と、遠慮のない愛撫は心地よいが、それはごく普通の女にも出来る範囲のことであろう。

しかし、実は孝二郎が射精した時点から、本格的な淫法が開始されたのだった。

「アア……、いく……！」

千影が喘ぎ、がくがくと狂おしい痙攣《けいれん》を起こした。

その瞬間、柔襞が迫り出して彼の股間に食らいついた。まるで貝から舌が伸びてきたようだ。たちまち一物のみならず、孝二郎は下半身全体が彼女の陰戸に呑み込まれたように感じた。

さらに、千影の形良い口が大きく開かれ、彼の顔中を含んできたではないか。

（うわ……！）

孝二郎は甘美な興奮に包まれ、たちまち上半身を口に含まれた錯覚に陥った。

全身の上下を、それぞれ美女の口と陰戸に呑み込まれ、完全に二人が一つになったようだった。

孝二郎は、甘くかぐわしい匂いに包まれながら、全身を巨大な舌に翻弄《ほんろう》された。

あるいは淫法の術者というのは、自らの興奮時には、唾液や吐息、さらには肌から発する匂いの全てが媚薬のような効果を放ち、男の望むような白日夢を見せるものなのかもしれない。

孝二郎は視界さえ奪われて身悶えながら、いつまでも延々と射精と快感が続いていることに気づいた。出しても出しても終わらず、千影の体内で揉みくちゃにされているような快感も去らないのだ。

どうやら口に注がれる彼女の唾液を飲み込み続けているから、それで互いの全身を、淫気を含んだ液体が循環しているのかもしれない。

なるほど、こんなに凄まじい淫法が続いたら、精根尽き果てて死に至ることも充分に考えられた。

と、ようやく千影が顔を引き離した。急に視界が明るくなり、室内の空気がひんやりと感じられた。どうやら現実に戻ったようだ。

「ああ……」

そのまま孝二郎は最後の一滴まで出し尽くし、喘ぎながらひくひくと身を震わせた。

通常の射精の、何倍もの充足感があり、逆にさしたる疲労はなかった。あるいは全てが錯覚や幻影であり、普通の一回分の射精と同じだったのかもしれない。

動きを止め、孝二郎は千影の温もりと重みを感じながら、うっとりと快感の余韻に浸った。鼻腔には、まだ美女の心地よい残り香があった。

「アア……、良かった……」

千影も力を抜いて言い、荒い呼吸を繰り返しながら、ゆっくりと股間を引き離して添い寝してきた。

孝二郎は心地よい脱力感の中、甘えるように腕枕してもらい、豊かな膨らみに頬を当て千影の甘い匂いを嗅いだ。

「良かったですか？　どのような幻を見ましたか」

「ち、千影さんの、陰戸と口に呑み込まれました……」

言われて、孝二郎は艶かしい幻を思い出しながら答えた。

「そう……、お千夜は私よりもっと強力な幻を見せます。でも、あの子のことだから愛《いと》しさのあまり、幻ではなく本当に孝二郎さんを食べ尽くしてしまうかも……」

「ああ……」

そのように甘美なことを言われ、孝二郎はすぐにも淫気が回復してきてしまった。この世のものとも思われぬ美少女に食べられ、溶けて一体化したらどんなに幸せだろうと思った。

「まあ……、もう大きく……。そうされたい思いが強いのですね。とても危険です。あるいはお千夜は、あなたのそうした願望を見抜いて好きになったのかも……」

千影が、彼を胸に抱きながら言った。

「とにかく、機が熟したらお千夜と情交していただきます。私がついているからご心配なく……」

「ええ、お願いします……」

答えながら孝二郎は、自分がどんどん非日常の世界に足を踏み入れていく気がした。

三

「だいぶ動きが良くなりましたよ。あまり疲れも感じなくなったようですね」

冴が、面を外しながら言った。

孝二郎は今日も心ゆくまで冴と稽古をし、爽快な汗をかいていた。確かに、自分でも思うように動けるようになってきたのが分かった。冴の教え方も上手いのだろうが、何やら女体を知ってから、身の内に気力が充実してきたようなのだ。

もちろん冴との初体験が大きな感激となり、さらに千影からは、淫気のみならず素破の力まで貰《もら》ったようだった。

「今は、玄庵先生のところでお仕事を手伝っているとか？」

「はい。今日もそちらへと戻ります」

「少々遅れても構いませんか」

「はい」

孝二郎が期待して頷くと、果たして今日は母屋には誰もいないらしい。

「では、少し離れの方で休憩しましょう」

冴が防具を片付けて言い、孝二郎は一緒に道場を出た。そして二人は井戸端で手だけ洗い、すぐに冴の部屋に入った。

彼女は手早く床を敷き延べ、稽古の名残《なごり》というばかりでなく頬を紅潮させていた。孝二郎もすぐに稽古着と袴を脱ぎ、乾いた手拭いで肌の汗を拭った。

すると冴も急いで全裸になり、前触れもなくいきなり抱きついてきた。そして彼を布団に押し倒しながら、熱烈に唇を重ねてくる。

「むぐ……」

口を塞《ふさ》がれ、彼女の重みを感じながら孝二郎は呻いた。

冴は待ちきれなかったように孝二郎の口を貪《むさぼ》り、舌を差し入れて隅々まで舐め回してきた。

稽古直後で、しかも興奮で口の中が渇き気味のせいか、いつになく冴の吐息の匂いが濃くて、その刺激に彼は激しく勃起していた。

しかも冴は、激しく舌をからめながら彼の手を握り、自分の乳房に導いたのだ。

孝二郎も、冴の唾液と吐息に酔いしれながら、張りのある膨らみを揉み、指先で乳首を弄《もてあそ》んだ。

「ンンッ……！」

冴が熱く呻き、ちぎれるほど強く彼の舌に吸い付いてきた。

しかしなおも乳首をいじっているうち、急にグンニャリと力が脱けたように、冴は口を離して仰向けになった。

「ああ……、どうか、好きにして……」

冴は身を投げ出し、激しい息遣いで乳房を上下させながら愛撫をせがんだ。

孝二郎は汗ばんだ首筋を舐め下り、可憐な色合いの乳首に強く吸い付いていった。

「あう……！　もっと強く……、嚙んでもいいわ……」

冴が激しく身悶《みもだ》えて言う。くすぐったいよりも、痛いぐらいの刺激の方を好むのだろう。孝二郎も歯を立て、こりこりと乳首を嚙みながらもう片方をいじり、甘ったるい芳香を籠もらせる腋の下にも顔を埋め込んでいった。

そして充分に匂いを堪能してから、脇腹をたどっていくと、

「そこも、嚙んで……」

冴が声を震わせて言った。あるいは過酷な稽古に明け暮れてきた冴は、強い反面、被虐を好むような部分があるのかもしれない。

孝二郎は脇腹の肉をくわえ込むようにして嚙み、徐々に腰へと下降していった。

「アア……、き、気持ちいい……」

冴が、うねうねと艶かしく身悶えながら言った。少々歯型がついても、着物で見えない部分だから構わないだろう。しかし前歯で嚙むと痛いので、歯全体で圧迫するよう配慮してやった。

そして下腹から内腿へと移動し、むっちりした肌を嚙むと、喘いでいる冴のみならず弾力を感じている孝二郎も心地よかった。

やがて大股開きにし、孝二郎は顔を進めていった。舐める前から、悩ましい匂いを含んだ熱気と湿り気が顔に吹き付け、割れ目は大量に溢れた蜜汁にまみれていた。

茂みに鼻を埋め込み、濃厚な女の匂いを吸収しながら舌を這わせると、とろりとした淡い酸味の淫水が口に流れ込んできた。

舌先で柔肉を掻き回し、オサネまで舐め上げていくと、

「ああッ……！　そこも、強く……」

冴がびくっと腰を跳ね上げてせがんできた。

孝二郎は上の歯で包皮を剝《む》き、露出したオサネを前歯で挟み、軽くこりこりと刺激しながら、舌先で小刻みに弾いた。

「アア……、それ、いい……！」

冴が激しく喘ぎ、内腿できつく彼の顔を締め付けながら悶えた。

孝二郎は、大丈夫だろうかと力を加減しながらオサネの付け根近い芯を嚙み、溢れる蜜汁をすすった。

すると彼女は、気を遣ったように反《そ》り返って硬直し、そのまま身をよじってきた。

孝二郎はいったん口を離し、彼女の脚をくぐり抜けて、尻の丸みに移動していった。

冴はいつしかうつ伏せになり、顔を伏せたまま荒い呼吸を繰り返していた。孝二郎は柔らかな尻にも歯を立て、心地よい張りと弾力を味わってから、谷間を指で広げて鼻を潜り込ませていった。

「く……！」

秘めやかな匂いを味わいながら蕾を舐めると、冴がうつ伏せのまま呻き、形良い尻をくねくねさせた。

孝二郎は執拗に舐め回し、ぬるっと舌を潜り込ませて内部も味わった。

「い、入れて……」

やがて冴が言い、のろのろと尻を浮かせて突き出してきた。オサネへの刺激で気を遣っても、やはり挿入されるのは格別なのだろう。

孝二郎も、後ろから入れることに激しい好奇心を覚えた。本来なら、茶臼で下になるのが好きなのだが、強く颯爽《さつそう》とした冴が、無防備に後ろを見せるという体勢に惹かれたのだ。

身を起こし、膝を突いて股間を進めた。もちろん一物ははち切れそうにそそり立ち、今にも暴発しそうなほど高まっていた。

後ろから陰戸に先端を押し当て、ぬめりを与えるように何度かこすりつけていると、

「アア……、早く……」

冴が位置を定め、自分から尻を寄せてきた。

孝二郎も、そのまま亀頭を潜り込ませ、一気にぬるぬるっと貫いていった。

「あう……！」

冴が身を強ばらせて呻き、完全に受け入れながらきゅっと締め付けてきた。

孝二郎も深々と根元まで押し込み、内部の温もりと感触を味わった。強く押しつけると、下腹部に尻の丸みが心地よく当たって弾んだ。何よりも、この尻の感触が後ろ取り（後背位）の醍醐味《だいごみ》なのだろう。

彼は何度か腰を前後させ、滑らかな摩擦を堪能した。

「ああ……、いいわ。もっと強く、奥まで突いて……」

冴が尻を動かしながら言い、大量の蜜汁を溢れさせて内腿まで濡らした。

孝二郎は勢いをつけながら、汗ばんだ白い背中に覆《おお》いかぶさり、両脇から回した手で乳房を摑んだ。

「い、いきそう……」

冴が言い、収縮を強めてきた。すると孝二郎も限界に達し、たちまち絶頂の渦に巻き込まれてしまった。

快感に呻きながら、孝二郎は大量の精汁を内部に放ち、股間をぶつけるように激しく律動した。ひたひたと肌のぶつかる音が響き、同時に冴も痙攣を起こし、うつ伏せのまま狂おしく身悶えた。

「く……！」

「き、気持ちいいッ……！」

冴が尻を振りながら声を絞り出し、やがて孝二郎も最後の一滴まで出し切った。

尻の感触は実に素晴らしいが、やはり顔が見えないのが物足りない。彼は冴の髪の匂いを嗅ぎながらうなじに舌を這わせ、唇を求めた。すると冴も肩越しに振り返り、熱く甘酸っぱい息を弾ませながら舌を伸ばしてきた。

孝二郎は彼女の吐息を嗅ぎ、濡れた舌を舐めながら、うっとりと快感の余韻に浸り込んだ。

すると冴が、腰を引いて股間を離し、彼を仰向けにさせてなおも口吸いを続け、さらに精汁と淫水にまみれた一物にも顔を寄せてきた。一気に喉の奥まで含み、くちゅくちゅと舌を蠢かせてぬめりを清め、激しく吸い付きはじめた。

「ああ……」

射精直後で過敏に震えながらも、孝二郎は萎《な》える暇《ひま》もなく冴の口の中で硬度を取り戻していった。

何と、あっという間に快感が甦《よみがえ》り、孝二郎自身は淫気を高めはじめた。千影の体液を吸収してから格段に精力が増し、連続で行なえるようになっているのかもしれない。

「飲ませて……」

冴が言い、屹立した一物を念入りに愛撫しはじめた。たっぷりと唾液を出してしゃぶり、時には乳房をこすりつけ、膨らみに挟んだりもしてくれた。

「ま、またいきそうに……」

孝二郎は、自分でも急激な回復に戸惑いながら口走った。

そして冴が含み、本格的に顔を上下させてすぽすぽと濡れた口で摩擦されると、彼はあっという間に二度目の絶頂を迎えてしまった。

またもや大量の精汁が放たれ、冴は喉を直撃されながら受け止め、少しずつ飲み込んでいってくれた……。

四

「あ、これはお武家様。何でございましょうか……」

朝のうち、孝二郎が市ヶ谷にある摺師の藤乃屋を訪ねると、彼より一つ二つ上ぐらいの青年が出てきて、恐縮して言った。

「藤介さんですか。結城玄庵先生に伺って来ました。私は巽孝二郎」

「そうですか。玄庵先生に」

藤介は笑顔になり、すぐに彼を中に入れてくれた。彼の仕事場らしく、周囲には摺りかけの絵草紙が散乱していた。家人は居ないようで、彼はすっかり全ての仕事を任されているようだった。

「お仕事中に申し訳ない。色々お話を伺いたくて」

孝二郎は菓子折を差し出して言うと、すぐに七つ八つばかりの女の子が、丁寧に茶を持ってきてくれた。

「やあ、これは忝《かたじけ》ない。妹さんかな？」

「いえ、私の許婚《いいなずけ》です。雪江《ゆきえ》、これを頂いてあっちへ行っていなさい」

雪江と呼ばれた少女は、もう一度辞儀をし、開けた最中《もなか》を一つ持って奥へ引っ込んでいった。彼女は、おそらく藤乃屋の一人娘で、藤介はまだ奉公人なのだろう。

もう嫁になる子が決まっているとは羨《うらや》ましい、と孝二郎は雪江を見送り、藤介に向き直った。

「玄庵先生に聞いたのですが、いずれこのお店を本屋にしたいとか」

「ええ、そうしたいと思っております」

「ずいぶん、多くの書を読んできたのでしょうね」

「いいえ、それほどでもありませんが、玄庵先生のおかげで、医書なども読むようになってきました」

藤介はすぐに打ち解け、自分で摺った春画なども見せてくれた。

「これなどは一物が誇張して描かれ、もし婦女子が見たとしたら畏《おそ》れを抱くことでしょうね。そうしたことも徐々にあらため、本物に近い感じで描くよう絵師に頼んでみようかと思います」

「なるほど」

玄庵など医師から見れば、滑稽《こっけい》なほど現実とは違う性器の描き方に違和感を覚えるのも無理はないだろう。しかし、やがて時代とともに、春画も変わってゆくのだろうと思った。

「豆男ものはないですか」

「何冊かはありますが、最近は出ていないようですね。お好きなのですか」

藤介は言い、仕事とは関係のない自分の蔵書から何冊か出してくれたが、大部分は玄庵の持っているものとかぶっていた。

「ああ、読んだものばかりですね。好きなのですが、覗きをするために男が小さくなるばかりで、内容が物足りないです。できれば、小さな男が女の身体の中に入ってゆくような、そうした妖しげなものを探しているのですが」

孝二郎は自身の願望を言ってみた。

「ううん、私の知るかぎり、そうしたものはないですねえ。でも興味深い内容です。ご自身でお書きになられては？　体内の様子などは、玄庵先生に聞けば教えてくれるでしょうし」

「ああ、自分で書くことまでは思いつかなかったな……」

それも良いかもしれない、と孝二郎は思いはじめた。

「是非、そうしてくださいませ。うちが本屋なら、何もかもうちで作れるのですが、まだ無理ですので、版元ぐらいはご紹介できますよ」

藤介も、身を乗り出して言った。いずれ本屋を開きたいと言うだけあり、戯作にしろ絵にしろ、何か新たなことを始めたいという人物に会うのが嬉しいのだろう。

確かに今までも、山東京伝《さんとうきょうでん》や蔦屋重三郎《つたやじゅうざぶろう》が取り締まりの対象になっているが、庶民の情熱はとどまるところを知らず、必ず復活してくるのだ。それに幕府は、政治を批判するようなものを真っ先に弾圧するので、好色本に関してはさして厳しくないのが現状であった。

さらに二人は、男女の淫気や異常とも思える特殊な欲望、腰巻き泥棒や湯屋覗き、叩かれて喜ぶ性癖のことなどについて、身分を越えて熱く語った。

孝二郎も来て良かったと思うのだが、あまり仕事の邪魔をしてはいけない。

「では、また寄らせてもらっていいですか」

「はい、是非にも。いつでも構いませんので」

藤介も言ってくれ、やがて孝二郎は藤乃屋を辞した。

（自分で書くか……）

歩きながら、孝二郎は思った。

今まで多くの書物に触れながらも、もう一つ物足りない思いがしていたのは、やはり自分の性癖が全て著《あら》わされていないからなのだろう。そして戯作を書いて収入を得るというのも、何か自分にいちばん合っているような気もするのである。

まして孝二郎は、千影や千夜という、常ならぬ美女との体験もあるのだから、妖しい世界も描けるかもしれないと思った。

それにあと数日で、玄庵の妻せんも帰ってくるだろうから、いつまでも書庫の整理というわけにもいかない。そうしたら、すぐにも執筆に取りかかれるよう準備をしておきたかった。

そんなことを思いながら淡路町に向かっていると、いきなりばったりと千夜に行き会った。

「おお、精が出るな。もう今日の分は売れたのか」

荷が軽そうだったから言うと、千夜はにっこり笑って頷き、孝二郎と一緒に歩きはじめた。

「宝来屋へ帰るのか？　それとも、少し寄っていくか」

「あい。一緒でないと、孝二郎様が困ります」

「うん……？」

千夜の言葉に首をかしげたが、また占いだろうかと思い、そのまま歩いた。

すると、淡路町に近づいたところで、近道をしようと神社の境内を横切ろうとしたとき、いつかの破落戸二人とばったり会ってしまったのだ。

「あれえ、こないだのサンピンとお多福じゃねえか」

「あのときは、よくもやってくれたな！」

二人は凶悪に顔を歪《ゆが》め、孝二郎と千夜を挟むように迫ってきた。岡場所からの朝帰りだろうか、まだ酒が抜けていない感じで顔が赤い。

「逆恨みは止せ。道を空けてくれ」

「なーんだとお、糞《くそ》生意気なこと言いやがって！」

二人は鯉口を切り、すぐにも長脇差を抜き放とうとした。

しかし千夜は立ちすくむでもなく、いきなり愛らしい口をすぼめ、何かをぷっと勢いよく吐き出した。

それは正面の破落戸の口に飛び込み、男は目を白黒させた。

「む、ぐ……！」

そのまま喉を押さえて膝を突いた。

「な、何をしやがった！　うげッ……！」

もう一人の口にも何かが飛び込み、たちまち二人は悶絶し、身体を丸めて痙攣《けいれん》を起こしてしまった。

千夜はそのまま彼の袖を引き、一緒に境内を出て行った。彼女は人相見どころか、先に起こる危機まで察知してしまう能力があるのかもしれなかった。

「な、何を吐き出したんだい……？」

「さっき食べた大福餅」

「へえ……、それが喉を塞いだのか。死なないかな……」

「大丈夫」

千夜が事も無げに言い、孝二郎は恐る恐る振り返った。すると、ようやく粘着質の餅を飲み込んだように、二人は息を荒げながら身を起こしたところだった。しかし、すぐには立てないようである。

「すごい技だな……」

孝二郎は感心し、また興奮もした。美少女が、胃の腑に入っている餅を逆流させ、それを吐き出して男の口に命中させたのである。それは妖しく甘美で、何とも清らかな美少女の体液が混じっていることだろう。あんな低級な奴らに喰わせるのは勿体《もったい》ないほどだった。

やがて結城家に着く頃には、孝二郎もすっかり淫気が高まり、激しく勃起してしまっていた。

誰もいない縁から座敷に上がり、少しぐらい構わないだろうと、孝二郎は千夜も中に上げてしまった。彼女も空の荷を下ろし、悪びれずに上がって座った。

(千影さんが立ち会うという約束だったが、情交にまで発展しなければ、少しぐらい構わないだろう……)

孝二郎は思い、千夜を見た。彼女は、人形のように白い顔で、小首をかしげてじっと彼を見つめている。

「千影さんから聞いているかい？　私と三人で行なうことを……」

「あい。でも、私は孝二郎様と二人きりでいたい」

「そうか。だが、千影さんは千夜の叔母様に当たるのだろう。言うことを聞かないといけないな」

孝二郎は、一つ年上の千夜に対し、どうしてもあどけない少女を相手にするように話しかけてしまった。それほど、白塗りの千夜は可憐で幼げなのである。

言うと、千夜は素直にこっくりしながらも、いきなり彼に顔を寄せてきた。そして睫毛《まつげ》を伏せ、愛らしい口を開いてちろりと舌を伸ばしてくる。また、舌同士で戯れたいのだろう。

孝二郎も会話を止め、激しい興奮に身を熱くしながら顔を寄せていった。

五

「う……んん……」

舌を触れ合わせると、千夜が心地よさそうに小さく声を洩らし、うっとりした表情になった。まだ情交したことがなくても、こうしているだけでも心地よいのだろう。

孝二郎も、柔らかく濡れた美少女の舌を舐め回し、甘酸っぱい芳香の吐息に酔いしれていた。

千夜の唾液はねっとりとして、適度な粘り気と滑らかさの両方があった。先ほど逆流した胃の腑の液も混じっているのだろうか。うっすらと甘いのは、大福餅の餡《あん》か、あるいはもともと自然《じねん》に甘味があるのかもしれない。

さんざん舐め回し、互いの口に差し入れては交互に舌を吸った。唾液もことさら多く出してもらい、小泡の多い粘液を飲み込むと、孝二郎の胸いっぱいに甘美な悦びが広がっていった。

「美味しいよ、千夜の口は……」

「私も……」

ようやく口を離し、近々と顔を寄せたまま囁くと、千夜も熱く湿り気ある息を弾ませて小さく答えた。

おちょぼ口を開かせると、綺麗な小粒の歯並びが白く滑らかに光沢を放っていた。孝二郎はもう一度舌を伸ばし、かぐわしい息で鼻腔を満たしながら、そっと歯並びを舐め回し、桃色の歯茎まで味わった。

すると、急に視界全体が桃色に染まりはじめ、千夜の口が非現実的に大きく開かれ、彼の顔中を呑み込んでこようとした。

（まてよ……、淫法の達者が興奮すると、唾や息に媚薬や幻覚の効果が含まれるのではないか……）

ふと孝二郎は、千影との体験を思い出し、危惧を覚えた。

このまま美少女に呑み込まれても良いのだが、千影の居ないところで勝手なことをして、命を失うのも不本意だった。

「うわ……！」

我に返り、孝二郎は慌てて彼女から顔を引き離した。見ると、千夜の顔も周囲の景色も、元と変わりない日常のものに戻っていた。

「どうしたの、孝二郎様……」

「あ、いや、急に千夜の顔と身体が大きくなったように感じたのだ……」

「そんなこと、あるわけないのに」

千夜が、くすっと肩をすくめて笑った。無意識に術を与える側には、こちらが何を感じ、何を見ているかは理解できないのかもしれない。

「ねえ孝二郎様。男の身体を、見てみたい……」

千夜が言い、返事も待たずに彼を押しやり、畳に仰向けにさせてきた。

すでに術がかかっているのか、単に興奮で脱力しているのか、孝二郎は素直に横たわり、力を抜いた。

千夜は手際よく彼の脇差を抜き取って、前紐を解いて袴を脱がせてきた。さらに裾がまくられて下帯まで取り去られ、たちまち彼は勃起した一物を露《あら》わにされた。

「これが、男……」

千夜は顔を寄せ、厚化粧の間から見える目を熱く輝かせた。

視線と息を感じ、孝二郎自身は千夜の鼻先でひくひくと震えた。

やがて千夜は恐る恐る指を伸ばし、張りつめた亀頭から幹、緊張に縮こまるふぐりまで順々に触れていった。そして幹をやんわりと握り、無邪気に動かしてきた。

「ああ……」

孝二郎は、柔らかく汗ばんだ手のひらの中で、肉棒を震わせながら喘いだ。

「痛い……？」

「いや、心地よいのだ……」

「精汁を放ちそう？」

「ああ、もっといじられたら出てしまう……」

孝二郎は夢見心地で答えた。千夜も無垢とはいえ、姥山の里で男の原理などの教育は受けているのだろう。淫法使いであるからには、必要な知識は充分に持っているようだった。

「じゃこれは？　もっと気持ちいい？」

千夜は囁き、とうとう舌を伸ばしてきた。精一杯に伸ばすと、それは千影に匹敵する長さだった。巨大な蛞蝓《なめくじ》のような舌先が、ぬらりと先端に這い回り、鈴口から滲む粘液を舐め取った。

そして千夜は、そのまま大きく開いた口に亀頭を含み、ゆっくりと喉の奥まで呑み込んでいった。

「ああ……、千夜……」

孝二郎は快感に喘ぎ、温かな口の中で幹を震わせた。

千夜は、初めてであろうに巧みに舌をからませ、清らかな唾液に浸してくれた。唇や舌の蠢き、息遣いや吸引の様子も無邪気な感じがして、技巧以上に大きな感激が彼を包み込んだ。

そして激しくしゃぶられるうち、たちまち孝二郎は絶頂に達し、ありったけの熱い精汁を千夜の喉の奥に放った。

「ンン……」

直撃を受けながら千夜は小さく鼻を鳴らし、さらに強く吸いながら喉を鳴らして飲み込みはじめた。

孝二郎は、溶けてしまいそうな快感に身悶え、まるで全身の水分が全て鈴口に集中してほとばしっているような感覚になった。あまりに快感が激しいので思わず股間を見ると、何と再び巨大化した千夜が、彼の下半身全てを呑み込み、まるで大蛇のようにもぐもぐと彼を体内に取り入れはじめているではないか。

それを見てしまうと、両足ともが彼女の胃の腑に入り、すでに溶け出しているような感覚さえ湧いてきた。

（うわ……！）

孝二郎は驚きながらも、あまりに甘美で艶かしい快感に力が脱け、次第に意識が薄れてきた。千影との時は、彼女の体液を飲み込んで気が循環していたが、今は出す一方なのである。

と、薄れる意識の中で、部屋に千影が飛び込んでくるのが見えた。

「駄目……！」

千影は、慌てて千夜に抱きつき、一物から口を引き離させた。

「そんなに加減もせず飲み続けていたら、死んでしまうわ……」

千影に叱《しか》られて千夜はうなだれ、あらためて心配そうに孝二郎を見た。

「しっかり！」

すぐに千影が孝二郎に顔を寄せ、口を重ねてきた。甘く清らかな息が吹き込まれ、さらに生温かな唾液を大量に注ぎ込んでくれた。それを味わうと、徐々に孝二郎の意識がはっきりしてきた。

しかし千影は、それでは足りぬと思ったか、いきなり身を起こすなり、裾をめくって彼の顔に跨ってきた。孝二郎は、ぼんやりと目の前いっぱいに広がる白い内腿と艶かしい陰戸を見上げた。

千影は自分の指で、激しくオサネをこすりはじめた。すると、みるみる陰唇が充血して開かれ、奥の柔肉が急激に潤いを帯びはじめた。そして割れ目いっぱいに溜まった蜜汁が、とうとう糸を引いてとろとろと彼の口に滴ってきたのだ。

それを舌に受け、生温かな粘液を飲み込むと、さらに孝二郎の全身に気力が満ちてきた。女体から出る霊液というのは、まるで万能の秘薬のようだった。

だが、まだ不十分なのだろう。千影はもどかしげにオサネから指を離し、千夜を呼び寄せた。

「呂の術を……」

言うと、千夜も心得たように、白粉の顔を千影に寄せていった。千夜は、自分が夢中で行なったことで孝二郎を危篤《きとく》に追いやり、相当に動揺しているようだった。

孝二郎の真上で、女たちが口を合わせた。それは実に艶かしい眺めだ。

呂の術とは、その字の通り口と口を合わせることなのだろう。

そして千影は、濡れた割れ目を孝二郎の唇に密着させてきた。柔らかな茂みで鼻を塞がれ、かぐわしい匂いで胸を満たしながら、蜜汁にまみれた柔肉を舐めると、さらに彼の意識がはっきりしてきた。

と、割れ目から淫水ではない、もっとはっきりした勢いの水流が漏れ、彼の口に注がれてきた。孝二郎は、激しく胸をときめかせながら、その熱い流れで喉を潤した。味と匂いは淡いが、それは紛れもなく千影から排泄されたものだった。

千影は、千夜の口から精汁を逆流させて飲み込み、体内で浄化したものを彼の口に注いでいるようだった。もちろん噎《む》せ返らないよう勢いを弱め、その代わりに延々と出し続けた。

何という妖しげな術であろう。千夜の体内にあるものを千影が飲み込み、さらに出たものを孝二郎に飲ませているのだ。

喉を潤しながら、孝二郎は精根尽き果てていたはずの一物が、ようやく元気を回復しはじめていくのを覚えた。すると間もなく流れも治まり、彼は惜しむように割れ目内部を隅々まで舐め回し、余りの雫《しずく》をすすった。

「さあ、これでもう大丈夫でしょう……」

千影が、千夜から口を離して言い、生気を取り戻した孝二郎の顔から股間を引き離した。そして彼の下帯を着けてくれた。

「起きられますか」

「はい。何とか……」

千影に支えられながら、ようやく孝二郎は立ち上がり、自分で袴を着けた。

それにしても、もし戦国時代に千夜のような子を敵の城へ送り込めば、たちまち全滅させられるのではないだろうか。

「ごめんなさい。つい……」

千夜は謝り、すっかり意気消沈していた。

第三章　二人がかりの目眩《めくるめ》き夜

一

「ふうん、なるほど。人の体内には、快楽や幻覚を掌《つかさど》る物質があると言われているな」

玄庵が言い、孝二郎は興味深く耳を傾けた。

「本来は芥子《けし》などから採る、人を骨抜きにする魔の薬だが、それが人にも備わっているのだ。例えば苦痛に悶《もだ》えても、死ぬときは安らげな表情になるが、それは自らが、そうした物質を出しているためらしい」

「ははあ、そういうものですか……」

「その天然の魔の薬を、特に姥山の衆は体内に備え持ち、千夜などは多く分泌するのだろう。そのため幻覚を見せたり、通常以上の快楽が得られる」

「それは貴重であり、また恐ろしいことですね」

孝二郎はあのとき、あのまま死んでも良いと思えた魔の快楽を思い出し、身震いして言った。逆に、もう一度あれを体験したいとも思ってしまうのである。何しろ、孝二郎が幼い頃から願い続けていた、非現実の快楽が目の前に現われ、美女の体内で溶けてしまうことができるのだ。

「ああ、恐ろしいが、姥山の衆は男を知り、成長するにつれ自らを無意識に制御できるようになる。千夜の場合、それがまだ出来ないだけだ」

「そうですか」

「だから、おぬしが教えてやり、千夜を大人にしてやることだな」

玄庵は、孝二郎や千影などのことをどこまで知っているのか、重々しく言った。そして彼は、孝二郎に書庫の整理を任せ、藩邸へ出仕していった。

と、間もなくして、千影が来た。

「先日は、大変にお世話をかけました……」

孝二郎は、恭《うやうや》しく辞儀をして言った。

「今宵、ここへお泊まりになれますか?」

千影が言う。

「は、できますが……」

「玄庵様が上屋敷に宿直《とのい》いたします。私は千夜とともに、こちらへ夕刻参りますので、それまでにお支度をお願いします」

「では、いよいよ……」

孝二郎は言い、緊張と期待に股間を疼《うず》かせた。千影が一緒ならば、あの恐ろしげな快楽で絶命するようなことはないだろう。

それだけ言い置き、すぐに千影は藩邸へ帰っていった。

孝二郎は書庫の整理をし、やがて池野道場へ行っていつものように冴と稽古をした。

半刻（一時間）余り稽古で汗を流し、彼は礼をして道場を出た。

「今日は、家の方で所用がございますので、申し訳ありませんが、すぐにも戻らねばなりません」

「左様ですか。ではまた明日お待ちいたします」

冴は、今日は離れで情交したいようだったが、もちろん孝二郎にそう言われたら淫気のことはおくびにも出さず、そのまま彼を送り出してくれた。

やがて彼は淡路町の結城家へ戻り、いつも通り整理と読書で時を過ごし、一方で今宵への期待を高めていった。

そして八ツ半（午後三時）頃にいったん番町の家へ戻り、老父母に挨拶をし、湯殿で身を清めた。老父母の夕餉は早く、七ツ（午後四時頃）なので一緒に済ませ、そのときに今夜は泊まりになることを告げ、許しをもらった。

父母も、彼がいま小田浜藩の典医の家で仕事をしていることは承知しているので、宿直の留守番と言えば簡単に外泊を許可してくれた。

孝二郎は番町を出て、再び淡路町に戻ったのがちょうど日の入りの頃。すでに千影が来ていて、寝所や湯殿の仕度をしていた。

間もなく、千夜も現われた。いつもの厚塗りの顔だが、やはりやや緊張しているようだ。夕餉は、もう宝来屋で済ませてきたようだった。

千影は行燈《あんどん》に灯を入れ、孝二郎も緊張しながら脇差を置き、袴を脱いで着流しになった。千夜もおずおずと寝所に入ってきて、千影の指示を待つように端座した。

「では、少しお待ちを。お千夜の化粧を落として参ります」

「あの……」

千影が言い、千夜を連れていったん寝所を出ようとしたが、孝二郎は呼び止めた。

「なにか」

「洗うのは顔だけにしてくださいませ。私は、自然なままの肌の香りを特に好むものですから……」

「承知しました。そのように致します」

恥ずかしい要求だったが、千影は分かってくれたようで、やがて千夜を連れて湯殿へと行った。その間、孝二郎は着物と下帯を脱ぎ、全裸になって横たわり、掻巻《かいまき》をかぶって待機した。

そして暮れ六ッ（日没から三十分ほど後）の鐘の音が聞こえる頃、ようやく千影と一緒に少女が入ってきた。着物は、確かにさっきまでの千夜のものだ。

「あ……！」

孝二郎は、驚きに声を上げて半身を起こしていた。

「あらためまして、千夜でございます……」

それは紛れもない、千夜の声だ。

しかし、その顔は、孝二郎が今まで見た誰よりも見目麗《うるわ》しい、凄みさえ感じられる美貌だったのだ。なるほど、小田浜の城下が騒ぎになるのも頷ける。この江戸にさえ、これほどの美少女はいないだろう。白粉でも塗りたくらねば、外出などできないのも無理はなかった。

くノ一の里という閉鎖的な場所に、これほどの美女ができるのだ。いや、そうした神仙に近い場所だからこそ、全ての美女の良いところを吸収し、このようなあやかしめいた超美女が出来てしまうのかもしれない。

香油で固めず、軽く結っていただけの黒髪は、今はさらりとしなやかに流れ、つぶらな眼差しとすらりとした鼻筋、愛らしい小さな唇に白桃のような頰の丸み、全てがこれ以上ないという完璧な調和で配置されていた。

こんな美少女を抱いて良いものなのだろうか。孝二郎は彼女に備わった淫法以上に、この美貌に畏《おそ》れを抱いた。

「なんと、美しい……。いや、美しすぎる……」

孝二郎は見惚れ、ようやく口を開いた。

「そんなに、見ないでくださいませ……」

千夜が、羞じらいにほんのり頰を染めて言った。

「さあ、では横に」

千影に促《うなが》され、孝二郎は再び仰向けになった。もう搔巻は掛けず、期待に勃起した肉棒を晒《さら》したままだ。

すると美女二人は彼を両側から挟むように座り、一物に熱い視線を注いできた。

「もう、先日見たから分かっているでしょう。このように、太く硬く立っているときは淫気に満ち、いつでも交接できる証しなのです」

千影が説明をはじめた。

「ふぐりに二つの玉があって、精汁を作っています。承知の通り急所ですので、触れるときはくれぐれも優しく。また、一度に出る精汁はほんの一口、多くても二口分あるかないかですから、この間のように好きなだけ吸い出すというのは控えなさい」

「あい……」

千影に言われ、千夜は神妙に頷いた。

「では、私がいると興も削《そ》がれましょうから、次の間に控えております。あとは孝二郎どのにお任せを」

千影は言い、そのまま部屋を出て行ってしまった。隣室で様子を窺《うかが》うのだろうが、姿が見えなくなると孝二郎も積極的になってきた。

「さあ、では脱いで」

言うと、千夜は頷き、帯を解いて着物を脱ぎはじめた。襦袢と腰巻きまで取り去り、一糸まとわぬ姿になって、そっと彼に添い寝してきた。

孝二郎は激しい興奮に胸を高鳴らせ、あらためて千夜の整った顔を近々と見つめ、唇を求めていった。

まずは口吸いの前に舌を伸ばし、千夜のぷっくりした弾力ある唇を舐めた。そして今まで白粉で舐められなかった頬の丸みから鼻筋、瞼《まぶた》から耳の穴まで舐め回し、とびきりの美少女の肌を味わった。

千夜は大人しく目を閉じ、うっとりと力を抜いていた。

ようやくぴったりと唇を重ね、舌を差し入れて小粒の歯並びを舐め回した。

やがて千夜が前歯を開き、ちろちろと舌を触れ合わせてきた。柔らかく滑らかな舌は嚙み切ってしまいたいほど美味しかった。

熱く湿り気ある息は、新鮮な果実のように甘酸っぱい芳香を含み、孝二郎は幻覚でも良いから、このかぐわしい口の中に身体ごと潜り込んでいきたかった。千影がついているのだから、何があっても大事には至らないだろう。

しかし、いかに千夜の唾液と吐息を吸収しても幻覚は現われなかった。抑えているというより、さすがに千夜も初体験を前に緊張しているのだろう。

孝二郎は心ゆくまで美少女の口の中を隅々まで舐め回し、ようやく唇を離して首筋を舐め下りていった。

可愛らしい桜色の乳首にちゅっと吸い付くと、

「あん……」

千夜が小さく声を洩らし、びくりと肌を震わせた。乳房は案外豊かで柔らかな膨らみを持ち、顔を埋め込むと若々しい張りが感じられた。

孝二郎は、こりこりと硬くなった乳首を舌先で弾くように舐め、優しく吸い付き、もう片方も念入りに愛撫した。

「ああ……、いい気持ち……」

千夜が次第にうねうねと身悶え、甘ったるい匂いを漂わせながら喘いだ。

二

孝二郎は左右の乳首を充分に味わうと、腕を差し上げて腋の下にも顔を埋め込んでいった。じっとり汗ばんだ窪みには、胸の奥を切なくさせるほどに甘ったるい体臭が馥郁《ふくいく》と籠もり、産毛《うぶげ》と紛《まご》うほど淡い腋毛が心地よく鼻をくすぐってきた。

舌を這わせると、千夜が息を詰めてくすぐったそうに身を縮《ちぢ》め、腕枕するように彼の顔を抱きすくめてきた。

孝二郎は舌で柔肌をたどり、脇腹から中央に戻って形良い臍《へそ》を舐め、ぴんと肌の張りつめた下腹へ下りていった。

しかし、まだ勿体ないので股間へは行かず、左右の腰骨あたりを舐めた。

「あぁン……！」

そこもかなりくすぐったいようで、千夜は生ぬるい体臭を揺らめかせて悶えた。

そしてむっちりと張りのある健康的な太腿を舐め下り、脛、足首から足の裏までたどっていった。

「アア……、駄目、孝二郎様……」

千夜が、両手で顔を覆ってか細く言った。天真爛漫《てんしんらんまん》な美少女も、やはり武家に足裏を舐められることには激しい抵抗を覚えるようだった。

孝二郎は構わず足首を摑んで念入りに舐め回し、汗と脂に湿った指の股にも鼻を押しつけた。ほのかな匂いが可愛らしく籠もり、彼は貪りながら爪先にしゃぶりついた。

指の股に順々に舌を割り込ませ、うっすらとしょっぱい味を楽しみ、もう片方の足も念入りに賞味した。

「ああッ……！」

千夜は喘ぎながら、少しもじっとしていられないように腰をくねらせ続けていた。

やがて孝二郎は彼女の身体をうつ伏せにさせ、踵《きびす》から脹《ふく》ら脛《はぎ》を舐め上げていった。

脹ら脛は柔らかく、思わずきゅっと歯を立ててしまった。ひかがみも汗ばんでほのかな匂いを籠もらせ、さらに太腿を嚙み、尻の丸みを舐め上げた。

まだ谷間は開かず、腰から背中を舐め、ほんのりした汗の味を楽しみ、うなじまで行くと、長い黒髪が乳臭いような幼い匂いをさせていた。

肩まで舐めて背中を這い降り、今度こそ尻の谷間を両の親指でむっちりと広げ、可憐な薄桃色の蕾を近々と観察した。

細かな襞がひっそりと閉じられ、それは野菊のように可憐な形状をしていた。鼻を押しつけると、双丘がひんやりと顔中に心地よく密着して弾み、秘めやかな匂いが鼻腔を刺激してきた。

約束通り千夜は、湯殿で化粧を落としただけで、下半身は洗わないでいてくれたようだ。孝二郎は何度も深呼吸し、超美少女の生々しい微香で胸を満たした。

そして充分に唾液にぬめらせてから、とがらせた舌先をぬるっと押し込み、内壁まで味わった。

「あう……！」

千夜が顔を伏せたまま呻き、くねくねと尻を動かした。

心ゆくまで味わうと、いよいよ孝二郎は彼女の身体を再び仰向けにさせ、脚をくぐって完全に股間に顔を割り込ませた。

大股開きにさせると、白い内腿が心細げに震え、中心部からは悩ましい匂いを含んだ熱気と湿り気が立ち昇ってきた。

ぷっくりと膨らんだ股間の丘には、もやもやと柔らかそうな若草がほんのひとつまみほど煙り、丸みを帯びた割れ目からは、何とも清らかな薄桃色の花びらが僅かにはみ出していた。

そっと花弁に指を当てて左右に広げると、

「く……！」

敏感な部分に触れられた千夜が小さく息を詰め、肌を強ばらせた。

内部にはぬめぬめと蜜汁が溢れ、生娘《きむすめ》の膣口が微かに息づいていた。尿口の小穴も確認でき、包皮の下からは小粒のオサネも光沢ある顔を覗かせていた。

孝二郎は美少女の割れ目をじっくりと観察してから、そっと顔を埋め込んでいった。

柔らかな若草に鼻をこすりつけると、汗の匂いに混じり、可愛いゆばりの匂いも感じられた。

舌を伸ばし、張りのある陰唇を舐め、徐々に内部に差し入れていくと、ぬるっとした温かな蜜汁が舌を迎えた。

膣口を囲う細かな襞をくちゅくちゅと味わうと、淡い酸味が感じられた。そして悩ましい匂いで鼻腔を満たしながら、彼はゆっくりとオサネまで舐め上げていった。

「ああーッ……！」

舌先が小さな突起に触れると、千夜が声を上げ、内腿で彼の顔を締め付けながら身を反らせた。

オサネを舐め回すと、格段に蜜汁の量が増えた。孝二郎は執拗にオサネを舐め、上唇で包皮を剝いて吸い付いては、大量に溢れる淫水をすすった。

「も、もう、堪忍……」

千夜が、ひくひくと肌を小刻みに痙攣させながら声を洩らした。すでに小さな絶頂の波が押し寄せているのだろう。

孝二郎は舌を引っ込めて身を起こし、待ちきれないほど勃起している一物を構え、彼女の中心部に迫っていった。幹に指を添えて先端を陰戸にあてがい、何度か動かしてぬめりを与えてから位置を定めた。

千夜も、いよいよその時が来たと緊張し、息を詰めてじっとしていた。

孝二郎も、初めての生娘を前に胸を高鳴らせながら、ゆっくりと貫いていった。

張りつめた亀頭が処女膜を丸く押し広げながら、ぬるりと潜り込んだ。

「く……」

千夜が呻き、微かに眉をひそめた。

しかし大量のぬめりに助けられ、肉棒はぬるぬるっと滑らかに根元まで吸い込まれていった。孝二郎は狭くきつい膣内に締め付けられながら、肉襞の摩擦に陶然となり、その温もりと感触に深々と包み込まれた。

股間を押しつけながら身を重ねていくと、千夜が支えを求めるように、下から激しくしがみついてきた。

孝二郎はまだ動かず、内部でひくひくと幹を脈打たせながら美少女の肌を全身で感じ取り、肩に腕を回してしっかりと抱きすくめた。千夜の深い部分から一物に、どくどくと若々しい躍動が伝わってきた。

「痛くないか……？」

「平気です。どうか、ご存分に突いて……」

孝二郎が囁くと、千夜は健気《けなげ》に小さく答えた。

じっとしていても、膣内はきゅっきゅっと息づくような収縮を繰り返し、たちまち孝二郎も高まってきた。そろそろと様子を見るように小刻みに腰を突き動かすと、

「あうう……、もっと……」

千夜が息を弾ませながらも、下から股間を突き上げてきた。

あるいは素破の里で、男はいなくても淫法修行の一環として、張り型ぐらい入れる経験を持ち、通常の生娘ほど痛みはないのかもしれなかった。

何とも心地よい摩擦運動が続くうち、孝二郎も次第に千夜を気遣う余裕が吹き飛び、快感のみにのめり込んでいってしまった。動きが速まると、溢れた蜜汁がくちゅくちゅと鳴り、たちまち孝二郎は股間をぶつけるように律動してしまった。

「う……！」

孝二郎は昇り詰め、宙に舞うような快感に貫かれながら呻いた。同時に、どくどくとありったけの熱い精汁が勢いよく内部に噴出した。

「ああッ……！　熱い……、もっと出して……」

千夜が顔をのけぞらせ、股間を突き上げながら口走った。

通常は、生娘が初体験から気を遣ることなど有り得ないのだろうが、さすがに淫法を使う素破である。むしろ、このときの快感のため、今まで修行してきたようなものかもしれない。

膣内が艶かしい収縮と蠢動を開始し、孝二郎は最高の快感の中、最後の一滴まで搾《しぼ》り取られてしまった。

孝二郎は動きを止め、力を抜いて千夜に体重を預けると、彼女も硬直を解きながらぐったりと身を投げ出していった。まだ内部の締め付けと痙攣は続き、彼は美少女のかぐわしい息を間近に嗅ぎながら、うっとりと快感の余韻に浸り込んだ。

千夜の表情は、思いを遂げて欲も得もなく恍惚としたものだった。

孝二郎は充分に呼吸を整えてから、ゆっくりと身を起こし、股間を引き離した。千夜の花弁からは、大量の淫水と逆流した精汁が溢れているが、出血した様子はない。

それを確認しただけで、孝二郎は処理など後回しにし、千夜に添い寝していった。

すると、そっと襖《ふすま》が開いて千影が入ってきた。

いつの間にか、彼女も腰巻きまで取り去り、襦袢を羽織っただけの姿になっていた。

「上首尾でございました」

千影が囁き、労《いたわ》るように千夜の髪を撫でた。

そして真ん中に孝二郎を挟むようにして、彼女も添い寝してきたのだ。

どうやら、まだまだ妖しい儀式は続くようである。彼も一度きりの射精では気が済むはずもないので、願ってもないことだった。

「この一度きりは、お千夜も一切の淫法を使っておりません。次は、存分に使わせますので、どうかお覚悟を」

言われて、孝二郎は期待と恐れに胸を震わせた。

「でもご安心を。私がついておりますので」

千影は彼の耳元で囁き、そのままそっと彼の耳朶を含んできた。

すると、今まで放心していたかに思えた千夜も顔を寄せ、反対側の彼の耳朶を口に含んできたのである。

ぞくりと心地よい震えが首筋に走り、たちまち孝二郎はむくむくと回復していった。

三

「さあ、今度はゆっくりと身を投げ出し、我らにお任せくださいませ」

千影が囁き、彼の頬にも唇を押し当て、舌まで這わせてきた。もちろん打ち合わせていたかのように、反対側では千夜も同じようにした。

顔中に二人の舌が這い回り、孝二郎は温かく清らかな唾液にまみれた。左右の耳の穴に舌が潜り込むと、頭の中を内側から舐め回されている感じがし、鼻の穴を舐められると、心地よい窒息感とともに二人の吐息がかぐわしく侵入してきた。

仰向けの孝二郎の、右側に熟れた千影、左側には生娘でなくなったばかりの千夜が寄り添い、やがて二人はほぼ同時に彼に唇を重ねてきた。

長い舌が競うように彼の口に潜り込み、熱く湿り気ある息が弾んだ。

何という妖しい心地よさであろう。

千影の、甘い大人の匂いに、美少女の甘酸っぱい芳香が入り混じり、孝二郎の鼻腔を悩ましく掻き回してきた。柔らかく滑らかな舌は、それぞれ微妙に異なる感触を伝え、ぬらぬらと彼の口の中を舐め回した。

魅惑を含んだ吐息とともに、混じり合った温かな唾液がとろとろと注ぎ込まれ、孝二郎は美酒に酔ったようにぼうっとなりながら、夢中で喉を潤した。

唇と舌だけではない。左右から美女たちの全身がぴったり密着していると、何やら孝二郎は、身体が巨大な陰戸に挟みつけられているような錯覚に陥った。

なおも、三人による濃厚な口吸いが延々と続いた。三人が鼻を付き合わせると、間の狭い空間に何とも言えない芳香が籠もり、顔中が湿ってくるようだった。

ようやく二人の唇が離れ、彼の首筋を舐め下りていくと、孝二郎は急に芳香が消えてひんやりした空気を吸い込んだ。それでも鼻腔には、顔中を舐められたときの唾液の匂いが悩ましく残った。

二人は熱い息で肌をくすぐりながら、彼の左右の乳首に吸い付いてきた。濡れた口が吸い付いて舌が這い、時には軽く歯も当てられた。

「ああ……、もっと強く……」

思わず孝二郎が言うと、二人は同時にきゅっと力を込めてくれた。もちろん彼が飛び上がるほどの痛さではなく、実に緩急を心得た力加減だった。しかも噛みしめるのではなく、もぐもぐと小刻みに動かしてくれるので、孝二郎は二人の美女に少しずつ食べられていく甘美な錯覚に包まれた。

二人はさらに肌を下降し、彼の脇腹を噛み、臍の周りを舐め、そして腰から太腿へと移っていった。まるでさっき、孝二郎が千夜を愛撫したときのような順序だった。

自分がする分には良いが、される側になると、至れり尽くせりの愛撫が申し訳なく感じられた。それでも孝二郎は心地よさにうっとりと酔いしれ、もちろん遠慮なく快感を受け止めていた。

やがて二人は彼の脚を舐め下り、足裏をしゃぶってから爪先を含んできた。

「あう……！」

左右の指の股を美女たちにヌルリと舐められて、思わず彼は声を洩らし、唾液に濡れた爪先で舌を挟み付けた。何やらここでも、孝二郎は美女たちの温かな口の中に、爪先から呑み込まれていくような感覚を得た。

しかし二人はまだ強烈な幻覚を見せるような淫法は使わず、それぞれ脚の内側を舐め上げ、股間に迫ってきた。

「アア……」

内腿を優しく嚙まれ、次第に熱く混じり合った息を中心部に感じながら、孝二郎は期待に喘いだ。

すでに一物はぴんぴんに勃起し、千夜の淫水を宿したまま光沢を放っていた。

先に二人は頰を寄せ合い、ふぐりにしゃぶりついてきた。そっと吸い付き、睾丸を一つずつ舌で転がし、袋全体を温かな唾液にまみれさせた。

さらに千影が彼の脚を浮かせ、今度は肛門を舐め回した。

「く……！」

ぬるっと千影の長い舌が潜り込んでくると、孝二郎は思わず呻いて美女の舌を肛門で締め付けた。

千影は内部でぬらぬらと舌を蠢かせ、熱い鼻息でふぐりをくすぐった。そして彼女が舌を引き抜くと、すかさず千夜も舌を差し入れてきたのだ。似たような滑らかな感触だが、やはり微妙に違っていた。

二人は交互に孝二郎の肛門を舐め尽くすと、ようやく脚を下ろし、とうとう彼の一物に顔を寄せてきた。

熱く混じり合った息が股間に籠もり、まずは先端に千影の舌が触れた。千夜は付け根の方だ。長い舌先が、それぞれにヌラヌラと蠢き、肉棒を濡らしてきた。

千影が口を開いて亀頭を呑み込み、喉の奥まで吸い付いてからすぽんと離し、今度は千夜が同じようにした。口腔の温もりや感触、舌の蠢きや吸引も微妙に違っているが、次第に孝二郎はどちらの口に含まれているか分からないほど、あまりに激しい快感で朦朧《もうろう》となってきた。

千夜も、千影に劣らないほど舌使いや吸引が巧みで、たちまち一物は二人の混じり合った唾液に温かくまみれた。

「ああ……、いきそう……」

孝二郎が降参するように腰をよじって言うと、二人は彼の股間から顔を引き離した。

「ではお千夜、もう一度」

千影に言われ、千夜は頷きながら身を起こした。

そして何と、千影は彼の真下に仰向けに身体を潜り込ませてきたのだ。だから孝二郎は、仰向けになった千影の上で仰向けになり、背中には豊かな乳房が当たり、腰には柔らかな茂みがこすりつけられた。肩越しには千影の甘い吐息が感じられ、そのあまりに心地よい肉布団の上で、彼はうっとりと力を抜いた。

やがて千夜が、今度は茶臼（女上位）で跨ってきた。

先端を陰戸に押し当て、今度は緊張もためらいもなく、千夜はゆっくりと腰を沈め、深々と一物を受け入れていった。

「アア……、孝二郎様が、私の中に……」

千夜は顔を上向けて呟《つぶや》き、ぴったりと股間を密着させて座り込んだ。

孝二郎も、再び美少女の内部に根元まで潜り込み、暴発しないよう気を引き締めながら快感を味わった。

すると千影が背後から彼の耳に口を押し当てた。

「さあ、心おきなく気をお遣りくださいませ。どんなものが見えても、私がついておりますからね……」

彼女は甘い息で囁き、そっと耳朶を噛んだ。

千夜は身を重ね、徐々に腰の動きを開始していった。とても、ついさっきまで生娘だったとは思えない、実に慣れた動きだった。

孝二郎は、上下から美女たちに挟み付けられ、下からも股間を突き上げて快感を高めていった。

上から、千夜が唇を重ねて舌を差し入れてきた。

まるで、孝二郎が一物を差し入れる代わりに千夜の舌を受け入れて、上下ともに一つになったようだった。そして一番下で、千影が彼を抱きすくめながら熟れ肌を息づかせていた。

何という快感であろう。二人の柔肌に挟まれ、孝二郎はあっという間に美女たちの体内に入ったような充足感を覚えた。

「ンンッ……！」

舌をからめながら、絶頂を迫らせたように千夜が呻いた。熱く甘酸っぱい息を弾ませながら腰の動きを速め、たちまち孝二郎も絶頂の渦に巻き込まれてしまった。

「う……！」

口を塞がれながら呻き、二度目とも思えない絶大な快感の中で、彼は激しい勢いで射精した。同時に気を遣ったように、千夜もがくがくと狂おしく全身を揺すった。すると、二人の絶頂が伝染したように、真下の千影も艶かしく身悶えた。

孝二郎は昇り詰めながら、妖しい非現実の世界に入っていった。

正面からは千夜が、背後からは千影が彼を食い尽くし、たちまち孝二郎は美女たちの体内に呑み込まれ、甘美な快感の中で溶けはじめた。そして美女たちに吸収されて栄養となり、やがて不要物が排泄されていった。

「ああ……」

排泄されると視界が通常に戻り、孝二郎は最後の一滴まで出し切り、ようやく動きを止めて我に返った。

上では、千夜が精根尽き果てたように力を抜き、ぐったりと彼に体重を預けていた。

下では千影が、二人分の重みを受け止めながら、優しく抱きすくめてくれていた。

孝二郎は二人の美女たちの温もりと芳香に包まれながら、うっとりと快感の余韻に浸り込んだ。

「すごく、良かった……」

千夜も徐々に自分を取り戻しながら呟き、いつまでも乗っているわけにいかず、やがて孝二郎の上から下りて添い寝した。孝二郎も、済まないと思って身を浮かせると、千影が横に移動し、再び彼を左右から挟み付けてきた。

「それで良いのです。今ぐらいの気の入れ方なら、相手を殺《あや》めることもないでしょう」

千影が、真ん中の孝二郎越しに千夜に囁いた。

彼には分からないが、行為の最中にも素破の女同士は心の内部で交信し合い、互いの高まりを制御していたようだった。これで千夜も加減が身に付き、欲望と快楽に任せて力を解放しすぎるということもなくなるのだろう。

孝二郎に大きな疲労感はなく、それでも二度の射精で力が脱け、左右から温もりに包まれながら、眠ってしまいそうな安らぎを得た。

「構いませんよ。どうぞお休みくださいませ」

耳元で千影が言い、優しく腕枕してくれた。反対側からは千夜も顔を寄せ、孝二郎は混じり合った二人のかぐわしい吐息を嗅ぎながら、うっとりとなった。

せっかく、とびきりの美女と美少女がいるのだから、せめてもう一回ぐらいしておけば良かったと、あとで後悔するのだろうが、今の射精があまりに激しかったため、いつしか彼は深い眠りに落ちてしまった。

四

孝二郎は、翌日から玄庵の家で、少しずつ自分の体験と願望を合わせた物語を執筆しはじめた。書庫の整理は終わったし、間もなく玄庵の妻せんが帰ってくれば、自宅で書くつもりだった。

もちろん道場には行っているが、稽古はともかく、そのあとの冴との情交はなかなか機会に恵まれなかった。まあ、出来るか出来ないかというときめきと、適度な距離感が良いのだろう。

稽古は熱心に行なっているため、自分でも剣が上達しはじめているのが分かった。やはり良い師に恵まれ、自分がやる気になれば何事も上手くなっていくのだった。

戯作の方は、千影や千夜を素破ではなく妖怪として描き、この世のものならぬ美女たちと非現実の一時を体験する話にした。

そんなある日、孝二郎が昼過ぎに稽古から玄庵宅に戻ると、三十半ば過ぎ、千影より少し年上の女がいた。どうやら、これが玄庵の妻せんのようだった。

「どなた」

「あ、ご新造様ですか。私は先生にお世話になっております、巽孝二郎と申します」

深々と辞儀をすると、せんは値踏みするように縁から彼を見下ろした。眉を剃ってお歯黒を塗り、目が少々きついが顔立ちの整った美人だった。

孝二郎は、玄庵に言われて書庫の整理に来ていることを言うと、せんも頷いて彼を座敷に上げてくれた。

「左様ですか。道理で部屋が片付いていると思いました」

「お世話になりましたが、ご新造様がお帰りならば、私のお手伝いも今日までとさせて頂きますので」

孝二郎は言った。

せんには、確か新三郎という二歳になる男の子がいると聞いていたが、今はいないので、あるいは麴町《こうじまち》にあるという実家に預けているのだろう。せんも、一度こちらへ戻って荷を置き、またすぐ実家へ行くつもりなのかもしれない。

「これは、あなたが書いたものですか」

「あ……」

せんが原稿を指して言った。どうやら、彼の書きかけの戯作を読まれてしまったようだ。女に読まれることは全く想定していないので、彼は激しく赤面した。

「はあ、どうにも、内職気分で書いていたもので……」

「これは、ご自身が体験したことですか？」

せんは、遠慮なく彼を見つめて言った。

「とんでもない。あやかしの物語ですので」

「いえ、内容ではなく、女との、こうした行為のことです」

「ご、ございません。まだ若輩でして、全て妄想で綴《つづ》りました」

孝二郎は、思わず無垢を装って答えた。自分が知っているのは、女武芸者や素破という、それこそ普通でない女たちなのだ。それに比べると、せんは実にごく普通の新造だったから、正直に言う気はしなかった。

「そうですか。まだお若いのに、このようなものを書くのはあまり感心しません」

「はあ、済みません……」

「だいいち、女の身体はこのようなものではありません」

せんが言う。確かに、絵草紙ほどではないが陰戸の描写は多少誇張し、花弁が大きく迫り出したり、オサネが親指ほどにも勃起するようなことを書いてしまっている。何しろ、あやかしの話なのだから仕方がない。

「ときに、書物の整理は終わっているのなら、今日は私の言いつけを聞いてください」

「はい。何なりと」

孝二郎が頭を下げて言うと、せんは立ち上がり、いきなりてきぱきと床を敷き延べてしまったのだ。

「長旅で疲れました。足を揉んでいただけますか。お嫌ならこのままお帰りを」

せんは足袋《たび》を脱いで横たわり、うつ伏せになって言った。

「承知しました」

孝二郎は答え、彼女の足の方へにじり寄っていった。夫が使っている若者だから、自分も平気で用を言いつけてくるというのが小気味よいほどで、もちろん彼は少しも嫌ではなく、むしろ足に触れられるのが嬉しかった。

孝二郎は、投げ出された足裏にそっと両の親指を押し当てた。

ほとんど駕籠《かご》だったのだろう。もちろん駕籠に長時間揺られるのは相当に疲労する。長旅とは言え、さして肉刺《まめ》は出来ていない。

指圧しながら、そっと指を嗅ぐと、ほんのりと蒸れた汗と脂の匂いがした。

孝二郎は彼女がうつ伏せなのを良いことに、せんの足裏はほんのり汗ばみ、孝二郎は彼女がうつ伏せなのを良いことに、指圧しながら顔を寄せてしまった。息を感じられないよう注意しながら、そっと指を嗅ぐと、ほんのりと蒸れた汗と脂の匂いがした。

孝二郎は踵から土踏まずを揉み、徐々に爪先に移動して指も丁寧につまんで揉みほぐした。舐めたいのを我慢しながら、
もう片方も念入りに行なうと、やがてせんは裾をどんどんたくし上げて行き、白く肉づきの良い脹ら脛まで露わにさせていった。

そこも揉めと言うのだろう。孝二郎は足首から徐々に脹《ふく》ら脛《はぎ》へと指を移動させ、弾力ある柔らかな熟れ肌を揉んだ。

「ああ、良い気持ち。上手ですよ……」

せんが顔を伏せたまま言い、横になったまままとうとう帯を解いてしゅるしゅると抜き取り、着物を脱ぎ去ってしまった。孝二郎も手伝い、たちまち彼女は半襦袢と腰巻きだけの姿になった。

ということは、腰から肩までしろと言うのだろう。

孝二郎は脹ら脛をもう一度揉み、太腿と尻に触れたい気持ちを抑えながら、腰へと触れていった。

「跨いで構いません」

「は、では」

言われて、彼は脇差だけ鞘ぐるみ抜いて置き、腰を揉みながらせんの尻に跨った。

もちろん座り込まず、両膝に体重をかけて両の親指で腰を揉んだ。しかし豊満な尻の丸みが、否応なく孝二郎の内腿や股間に触れてきてしまう。袴越しにも、せんの熟れ肌の柔らかさと弾力が伝わってきた。

腰から背中、さらに肩を揉むと、せんは心地よさそうに力を抜いて身を投げ出した。

やがて、尻と太腿以外の背面を充分に揉みほぐすと、彼女はゆっくりと仰向けになってきた。

「三里を」

「はい」

言われて頷き、孝二郎は膝の少し下の脛にある、三里のツボを親指で圧迫した。

当然せんは腰巻きをたくし上げ、脚のほとんどを露わにしてしまっている。ややもすれば、股間までが覗けそうだった。

目を閉じているせんを見ると、さらに襦袢の胸がはだけ、何とも白く豊かな乳房が今にもこぼれ出そうになっていた。しかも、今まで着物の内に籠もっていた熱気が、何とも甘ったるい汗の匂いを含んで、ゆらゆらと漂ってきていた。

「ここも……」

せんが、目を閉じたまま言って腰巻きをめくり、太腿も露出させてきた。

孝二郎がそっと指圧すると、柔らかくむっちりした肌に指が潜り込んでいった。

「く……、押すとくすぐったいです。手のひらで撫でるように……」

「はい、しかし竹刀だこやささくれが……」

「構いません」

言われて、孝二郎は量感ある新造の太腿に手のひらを這わせた。撫で上げると、肌は吸い付くようで、実にすべすべと滑らかだった。確かに指圧ではなく、手のひらで撫でるだけでも心地よく疲れが癒《いや》されるものである。

しかし下から上へと揉み上げるうちに、さらに腰巻きがはだけ、とうとう中心部が覗いてしまった。

孝二郎は手を休めず、せんの股間を見て思わずごくりと生唾《なまつば》を飲み込んだ。

黒々と艶のある茂みが密集し、割れ目からは僅かに花びらが覗いている。そこが、ぬめぬめと潤って見えるのは錯覚であろうか。おそらく長旅に蒸れ、何とも悩ましい芳香を籠もらせていることだろう。

「見たいのですか。無垢ならば、無理もありません……」

目を閉じたまま、せんが言った。

やはり、ごく普通の新造だから、千影のように見る目はなく、孝二郎を無垢と信じてしまったようだった。

しかし普通どころか、せんは他の誰よりも多情であった。

彼女は横たわったまま半襦袢を開き、腰を浮かせてとうとう腰巻きを取り去ってしまったのだった。

「いいでしょう。好きなだけご覧なさい。そうすれば、今後は正しく書けるようになるでしょう」

せんは静かに言いながら、僅かに両膝を立て、そろそろと開いていった。

孝二郎は激しく胸を高鳴らせ、その中心に腹這いになって、顔を進めていった。

白く張りつめた内腿の間に入っただけで、熱気と湿り気が顔に吹き付けてきた。

「さあ、もっと近く。陰戸とは、このようになっているのですよ……」

緊張か羞恥か、若者を誘惑する興奮か、せんの声は僅かに震えていた。そして彼女は両の人差し指で、そっと陰唇を左右に開いてくれた。
中は大量の蜜汁が溢れ、膣口は子を産んだとは思えないほど小さく可憐に息づいてい
た。その膣口に、白っぽく濁った粘液がまつわりつき、光沢あるオサネも包皮を押し上げ
るように、つんと突き立っていた。
孝二郎は、相手が尊敬する玄庵の妻であることを忘れ、熟れ肌の股間に籠もる匂いに酔
いしれて、身も心もぼうっとなっていった。

五

「あ、あの、ご新造様。ほんの少しだけ、お舐めしてもよろしゅうございますか……」

我慢できなくなり、孝二郎は彼女の股間から言った。やはり、許しもなく勝手に舐める
わけにはいかない。

「ああ……、男とは、どうしてそのようなことをしたがるのでしょう……」

「そこは、ゆばりを放つ不浄な場所なのですよ」

せんが、股を開いたまま嘆くように言った。

「いいえ、この上なく美しく、また良い匂いが致します」

「それほどに舐めたいのですか……。生涯ともに暮らす旦那様には許せませんが、一期一会《いちごいちえ》のそなたなら、構わないでしょう。でも、終えた途端に何も無かったことにして頂きますよ」

「はい、それはもう……」

「ならば、お好きになさい」

許しが出ると、孝二郎はせんの中心部にそっと顔を埋め込んでいった。

柔らかく鼻をくすぐる茂みには、今まで得た中で、最も濃厚に女の匂いが染み込んでいた。甘ったるい汗と残尿の刺激は、どの女も同じようなものなのだが、その濃度と混じり合い方が異なり、それぞれに興奮をそそるのだ。

孝二郎は熟《う》れた新造の体臭で胸を満たしながら、割れ目に舌を這わせていった。溢れる蜜汁を舐めると、これも他の女と同じ、ねっとりとした舌触りと淡い酸味が感じられた。

膣口周辺で粘つく蜜汁をすすり、柔肉をたどってオサネまで舐め上げていくと、

「く……！」

せんが息を詰めて小さく呻き、下腹を強ばらせた。

孝二郎はオサネを小刻みに舐め、上唇で包皮を剝いて吸った。

せんの内腿が、きつく彼の両頬を締め付けてきた。舐めながら見上げると、彼女は奥歯を嚙みしめて声が洩れるのを堪《こら》え、そのくせはだけた胸で息づく豊乳を、自ら両手で揉みしだきはじめていた。

孝二郎は完全に腰を抱え込んで舌を這わせ、さらに彼女の両脚を浮かせていった。

「どうか、このように……」

言うと、少しためらいながらもせんは脚を持ち上げてくれた。

何か言えば喘ぎ声が洩れてしまいそうで、せんはしきりに息を詰めていた。声を出すのは彼女の、武家としての矜持《きょうじ》に反するようだった。今日はあくまでも、何も知らぬ若者に正しい知識を与えているだけ、とでも思い込み、自らを納得させているのかもしれない。

孝二郎は、目の前に迫る豊かな白い尻の中心部に鼻先を寄せた。

谷間には、枇杷《びわ》の先のように僅かに肉を盛り上げた桃色の蕾《つぼみ》がひっそりと閉じられ、細かな襞を微かに収縮させていた。

鼻を埋め込むと、秘めやかな匂いが馥郁と鼻腔を刺激してきた。

どうして、美女というのはどこもかしこも良い匂いに感じるのだろうかと、孝二郎は未だに不思議だった。

舌先でちろちろとくすぐるように肛門を舐めると、

せんはまた懸命に力を入れて呻き、きゅっきゅっと磯巾着《いそぎんちゃく》のように蕾を震わせた。

充分に唾液に濡らしてから、孝二郎は舌先を内部に押し込み、ぬるっとした滑らかな粘膜を味わった。

そして新造の肛門を心ゆくまで舐めてから、鼻先に溢れる白っぽい粘液を舐め取り、再び割れ目からオサネまでたどっていった。

「アア……、もう止めて……」

せんが昇り詰めるのを拒むように言い、孝二郎も素直に顔を離した。

すると彼女はゆっくりと身を起こし、

「袴を脱いで、仰向けにおなり……」

頰を紅潮させて言った。

孝二郎は手早く前紐を解いて袴を脱ぎ、せんの温もりの残る布団に横たわった。

せんは彼の裾をまくって下帯を解き放つや否や、いきなり屈み込んで勃起した一物にしゃぶりついてきた。

「う……、んん……」

一気に喉の奥まで呑み込み、頰をすぼめて強く吸引し、激しく舌をからませた。

「ああ……」

孝二郎は快感に喘ぎ、せんの口の中で舌に翻弄され、温かな唾液に浸りながら最大限に膨張していった。

稽古直後で汗ばんでいるだろうが、せんは構わず貪《むさぼ》り続け、やがてすぽんと口を離すと、そのまま茶臼で跨ってきた。幹に指を添え、亀頭を膣口にあてがいながら腰を沈めていった。

「く……！」

ここでもせんは大きな声は出さず、息を詰めながら根元まで受け入れた。

孝二郎も奥歯を噛みしめ、暴発を堪えながら肉襞の摩擦と温もりを味わった。子を産んでも膣内の締まりはきつく、女とは本当に神秘の生き物なのだと思った。

「吸って……」

せんはまだ腰を動かさず、強く股間を押しつけながら身を重ね、胸をはだけて豊かな乳房を彼の鼻先に突きつけてきた。

濃く色づいた乳首を含むと、さらに彼女は膨らみ全体を強く密着させた。孝二郎は、心地よい窒息感の中で乳首を吸い、舌で転がしながら熟れた肌の匂いを嗅いだ。

せんはもう片方も含ませ、次第に腰をくねらせはじめてきた。

乳首を吸いながら見ると、色っぽい腋毛がはみ出し、孝二郎は激しく興奮した。そして自分からせんの腋に顔を埋め込み、甘ったるい体臭を嗅ぎながら、下から股間を突き上げはじめた。

熱い大量の蜜汁が溢れ、彼のふぐりをねっとりと濡らしてきた。

見上げると、紅の塗られた口が開かれ、お歯黒の歯並びが覗いている。歯が黒いと、かえって歯茎と舌の桃色が強調されて艶かしかった。

お歯黒べったりという妖怪画があり、孝二郎はそんなあやかしに犯されているような興奮を得て、激しく高まっていった。

せんも動きを速めながら、彼の顔から乳房を引き離し、喘ぎを抑えるようにぴったりと口を重ねてきた。

舌をからめると、生温かな唾液が流れ込み、心地よく舌を潤した。せんの熱い息は彼女本来の甘さに加え、お歯黒の鉄《かね》による金《かな》臭い成分も混じり、いかにも新造と口吸いしているという感慨が得られた。

激しく舌をからめながら、せんはたちまちガクガクと狂おしい痙攣《けいれん》をはじめた。

「アア……!」

短く喘ぎ、口を離した彼女は何とも色っぽい表情で顔をのけぞらせた。

武家の妻女の絶頂とは、かくも控えめで優雅なものかと感心するほどだった。

そして膣内の悩ましい収縮に巻き込まれ、続いて孝二郎も大きな快感に貫かれていった。勢いをつけて腰を突き上げ、熱い精汁を一気に噴出させた。

「あう……!」

奥に直撃を受けたせんは、駄目押しの快感を得たように熟れ肌を硬直させ、まるで一滴余さず精汁を飲み込むように、きゅっきゅっと締め付けてきた。

孝二郎は心おきなく最後の一滴まで出し尽くし、徐々に動きをゆるめて身を投げ出していった。

せんも強ばりを解き、魂まで吹き飛ばしたようにぐったりと彼に体重を預けてきた。

まだ膣内の締め付けは続き、孝二郎はすっかり満足し、美しい新造の匂いと温もりの中でうっとりと快感の余韻を味わった。

そして徐々に冷静になると同時に、玄庵の妻と情交してしまった罪の意識が頭をもたげてきた。

(でも、誘いをかけてきたのはご新造の方からだし……)

何とか自分を納得させ、孝二郎は呼吸を整えた。

やがてせんが懐紙を取り出し、それを互いの股間に当てながら、ゆっくりと腰を引き離してきた。そのまま濡れた一物を包んで拭ってくれ、自分の陰戸も清めてから添い寝してきた。

「ああ……、生き返ったようです。随分と、久しぶりでした……」

せんが、まだ荒い呼吸を弾ませながら呟《つぶや》いた。

やはり育児に追われ、今回も子や両親との箱根旅行で淫気など自覚する余裕もなかったのだろう。そしてどうやら玄庵とも、あまり情交していない様子なのである。

「でも今夜にも、久々に玄庵先生と行なうのではありませんか？」

孝二郎は訊いてみた。

「旦那様は、私に淫気など向けません。私も応じるのは嫌です」

「なぜでしょう」

「旦那様には、千影がおりますし、あの女を舐めた口で迫られるのは御免です」

せんは、にべもなく答えた。

千影との仲を疑い、それでも冷えた夫婦関係を続けるほど、外聞や家の事情が大切なのだろうか。

孝二郎に夫婦の事情は分からないが、とにかくせんは、彼が無垢だから急激に淫気を高まらせたのだろう。その孝二郎が、実は千影とも情交していると知ったら、せんは烈火の如く怒るに違いなかった。

（こんな美しい新造になら、怒られても良いな……）

孝二郎は思い、再び回復してきそうになるのを懸命に堪えた。せんが身を起こし、身《み》繕《づくろ》いをはじめたからだ。

やがて彼も起き上がり、黙々と下帯を整えはじめた。

第四章　旗本を秘して戯作者に

一

「良い出来ですよ。版元も、これは売れると大喜びです」

藤介が言い、新たな原稿を持ってきた孝二郎も大いに力づけられた。

「特に、あやかしとの情交は実に目新しいです。絵師も、新たな試みに熱が入ることでしょう」

「それは嬉しい。この、今日持ってきた原稿にもお歯黒べったりが出てきますので」

「楽しみです。お預かりします」

藤介が恭しく原稿を受け取り、鉄瓶から茶を入れてくれた。

どうやら世辞ではなく、本当に孝二郎の書いたものが商売になるようなのだ。

藤介は彼に版元を紹介すると言っているが、孝二郎はそれを断わり、仲介してくれる藤介に僅かながら手間賃を取ってもらうことにした。やはり貧乏旗本とはいえ跡取りである以上、版元と表立って会うのは良くないと判断したのである。今後、好色本もどのような取り締まりに遭うか分からないので、老いた両親に迷惑をかけることだけは避けねばならなかった。

と、そこへ玄庵がふらりとやって来た。

「これは先生、その節は」

孝二郎は立ち上がって挨拶をし、藤介もすぐ彼の分の茶を入れた。

「おお、二人揃っているな。初の春本の出る手筈も整ったか」

玄庵は笑顔で言い、孝二郎の隣に腰を下ろした。

せんが帰宅したため、孝二郎が結城家の書庫の整理に行かなくなって三日が経っていた。孝二郎は、せんとの一度きりの情交が後ろめたく、人の良い玄庵の顔を見るのが面映《おもは》ゆかった。

「あやかしとの情交とは良いところに目を付けたな。色っぽい絵がつけば、なおさら人気が出るだろう」

「はい。売れると良いのですが」

「わしなら、ろくろ首が好きだな。本手（正常位）で交わっても、首が伸びて尻を舐めてもらえる」

「ははあ、良いですね」

「ああ、だが首を舐めるのに骨が折れるだろう。しかも嫉妬《しっと》深いから、帰りが遅くなると家で首を長くして待っている。あはは」

玄庵は自分で言って自分で笑い、さらに様々なあやかしの話をした。例えば、二口女に膝枕すれば、尺八してもらいながら屈んで口吸いも出来る、とか、大首女の口に身体ごと入ってねぶってもらうなど、孝二郎の参考になる話も多く出た。

「昔の田舎《いなか》では、干してあった腰巻きがいつの間にか無くなっているのも、厠《かわや》を覗《のぞ》いているのもみな妖怪の仕業にされたもんだ。今でこそ、そうした癖《へき》をもつ男の仕業と分かるがな」

「では、男はみな妖怪ですか」

「いや、女もだ。股座にある口から涎《よだれ》を垂らし、男を惑わすのだからな」

「いつの世も、様々な形の淫気があるものなのですね。一概に、腰巻き泥棒も厠覗きも病とは言い切れず、全ての男の欲なのだと思います」

「ああ、そうだ。ただ男により、何に対して淫気の度合いが高まるか、様々な趣味があるのだろうな」

してみると、さしずめ孝二郎の趣味は、縮小願望と言うところだろうか。

三人でいろいろと好色談義をし、孝二郎は楽しい時間を過ごした。そして藤乃屋を辞し、続きの戯作を書くため番町の家に戻った。

庭の梅も、だいぶ蕾が膨らんでいた。

今年（寛政六）の一月に、桜田《さくらだ》火事（麴町から芝新銭座《しばしんせんざ》町を焼いた大火）があり、あちこちからは家を建て直す槌《つち》の音が聞こえていた。せんの実家も麴町と聞いているが何とか火災は免《まぬか》れたようである。

孝二郎は日が傾くまで執筆に精を出し、やがて湯殿を使い、両親と夕餉《ゆうげ》を済ませた。

老父母の夜は早く、暮れの六ツ半（夜七時頃）を過ぎれば床に就き、翌朝七ツ（午前四時頃）まで部屋を出てこなかった。

しかし行燈の油代も節約しなければならないから、孝二郎も夕餉が済めば床に横たわり、眠るまでの間はあれこれと妄想に耽《ふけ》り、戯作の構想や書きかけの進展を考えることにしていた。もちろん妄想が高じれば手すさびもする。

しかしその夜は、手すさびしようとして帯を解きはじめたとき、室内にぼうっと白いものが浮かび上がったのである。

「うわ……」

孝二郎が声を洩らし、身をすくませると、それは近づいてきた。何と、白粉を塗りたくった千夜である。

「千夜か……。いつから来ていたのだ」

孝二郎は言ったが、千夜は素破だ。戸締まりをした家の中に入るなど造作もないことなのだろう。

「どうしても、孝二郎様に会いたくて」

千夜は言った。

「孕《はら》んだ兆《きざ》しがあれば、姥山へ帰らなければなりません。だから、なかなか孕んでほしくないのに、やはり少しでも多くお会いして交わりたいです」

「そうか」

孝二郎も愛しくなり、彼女の手を握って抱き寄せた。

千夜が孕めば今生の別れとなってしまう。そして孝二郎の子が、見知らぬ山中で成長していくのだ。勝手に江戸から出られない旗本の身では、永遠に千夜にも我が子にも会えなくなってしまうのである。

しかし、それが二人の運命なのだった。

だからこそ、いま燃え上がろうと、孝二郎は千夜の唇を求めていった。

「紅と白粉が……」

千夜が言う。

日頃から夕餉を終え、宝来屋の他の奉公人が寝てから、一人ひっそり化粧を落とす彼女も、今夜はそのまま慕情に突き動かされて店を出てきてしまったのだ。今は孝二郎も玄庵の家にいないので、この自宅まで訪ねてくるしかなかったのだろう。

「構わぬ。まだ湯殿の湯は冷めていないだろう。あとで一緒に入ろう」

孝二郎は言い、そのままぴったりと唇を重ねた。

「ンン……」

千夜は鼻を鳴らし、今日もかぐわしく甘酸っぱい息の匂いを弾ませ、熱烈に舌をからませてきた。口の中は新鮮な果実のように、たっぷりと甘い唾液が満ちていた。

孝二郎も執拗《しつよう》に千夜の口の中を舐め回し、とろりと注がれる生温かな唾液で、心ゆくまで喉を潤した。

とびきりの美少女なのに、こうして素顔を隠した厚化粧のまま行なうのも乙《おつ》なものである。何やら彼好みの妖怪女と戯れている気がし、千夜の吐息に混じって感じられる紅白粉の香りも趣《おもむき》があった。

二人は口を押し付け合い、熱い息を混じらせて舌を吸い合いながら、忙しげに帯を解いて肌を露出していった。

寝巻き姿だった孝二郎は、すぐにも下帯まで外して全裸になり、千夜もたちまち一糸まとわぬ姿になって共に横たわった。

ようやく唇を離すと千夜は舌を伸ばし、彼の口に付いた紅や、鼻や頬を彩《いろど》った白粉にぬらぬらと舌を這わせて拭ってくれた。孝二郎は、かぐわしい吐息と唾液の匂いにうっとりと酔いしれ、身を投げ出した。

千夜も、最初は舌で清めてくれていたのに、次第に彼の肌に紅白粉を付着させるのを面白がるように、首筋や胸に顔を押しつけてきた。そして彼の乳首を舐め、濃厚に紅をこすりつけながら、軽く噛んでくれた。

「あうう……、もっと強く……」

孝二郎が激しく勃起しながら言うと、千夜はさらにきゅっと力を込めて乳首を噛み、もう片方にも念入りな愛撫をしてくれた。

たちまち孝二郎の胸は、唾液にまみれた白粉の白と口紅の赤が斑《まだら》になった。

脇腹にも千夜の舌が這い、小粒の歯並びが心地よく食い込んできた。

千夜もすっかり加減を心得、あまり歯型がつかないように愛撫し、やがて彼の下腹から股間へと熱い息を迫らせていった。

屹立した先端に、ちろちろと舌が這い、張りつめた亀頭が唾液にまみれた。千夜は舌先で鈴口の粘液を舐め取ると、そのまま丸く開いた口ですっぽりと喉の奥まで呑み込んでいった。

「ああ……、千夜……」

孝二郎は快感に喘ぎ、彼女の口の中でひくひくと幹を震わせた。

千夜も長い舌を蠢かせ、幹にからみつけるようにしながら、頰をすぼめて吸った。

孝二郎は、まるで全身が美少女の甘酸っぱい芳香の口に含まれ、舌で転がされているような快感に身悶えた。股間を見ると、白粉に光沢ある赤い口のあやかしが無心に一物をしゃぶっていた。実に妖しい眺めである。

千夜は彼が果てる前に、すぽんと口を離し、ふぐりに舌を移動させてきた。

やはり男を知ったばかりとはいえ、淫法修行をしてきた彼女は絶頂の迫る時期が分かるのかもしれない。それに彼女の目的は、精汁を飲み込むことではなく孕むのが使命なのだった。

千夜は、袋全体を温かな唾液にまみれさせ、二つの睾丸をそれぞれに優しく舌で転がした。さらに彼女は孝二郎の脚を浮かせ、舌先で肛門までくすぐってきた。

「く……!」

唾液に濡れた肛門に、ぬるっと長い舌が潜り込むと、孝二郎は溜まらずに呻いた。

千夜の舌は滑らかに深く入り、内部でくねくねと妖しく蠢いた。彼女の熱い鼻息が、唾液に濡れたふぐりをくすぐり、膨張した一物がひくひくと震えた。まるで潜り込んだ舌で内部を刺激され、一物が裏側から操られているようだった。

「千夜……、私も舐めたい……」

孝二郎は言い、腰を抱え込んでいる千夜の手を握って引き寄せた。

二

「ここに座って、足をこちらへ……」

孝二郎は仰向けのまま言い、千夜を下腹に座らせた。そして立てた両膝に寄りかからせ、両足を顔に載せさせたのだ。

「あん……」

千夜が、全体重を彼の腹と顔に載せ、済まなそうに身をくねらせた。

素破の身で武家を跨ぎ、顔に足を載せるということに言いようのない緊張と震えを覚えているのだろう。

しかし孝二郎は、千夜が仕える小田浜藩の藩士ではない。彼は千夜が選んだ、運命の男なのだ。彼女にしてみれば、どちらも畏《おそ》れ多いだろうが、孝二郎の方は快感にうっとりとなっていた。

下腹に千夜の重みがかかり、すでに濡れているのか、陰戸がぴったりと肌に吸い付いていた。顔には両の足裏が押し当てられ、蒸れて汗ばんだ、ほのかな匂いが鼻腔をくすぐっている。

孝二郎は足裏を舐め、指の股に鼻を押しつけて匂いを嗅ぎながら、爪先にもしゃぶりついていった。

「アア……」

千夜が喘ぎ、身悶えるたび座りにくそうに腰を動かした。すると濡れた陰戸が滑らかに肌にこすられ、たまにくちゅっと湿った音をさせた。

孝二郎は両足とも念入りに舐め、やがて彼女の腰を引き寄せて、そのまま顔に跨ってもらった。千夜は、ここでも羞恥と緊張に肌を強ばらせ、そして孝二郎を悦ばせるため大胆に言いなりになってきた。

完全に厠の格好でしゃがみ込むと、熱く濡れた陰戸が孝二郎の鼻先に迫った。

楚々とした若草が震え、張りつめた内腿の中心部で、蜜にまみれた花弁が艶かしく息づいていた。

孝二郎は舌を伸ばし、開かれた陰唇の間に差し入れて、ぬめぬめする柔肉を舐めた。

「ああン……！」

千夜が顔をのけぞらせて喘ぎ、危うく体重をかけて座り込んでしまう前に、彼の顔の左右に両膝を突いた。孝二郎は鼻を塞ぐ柔らかな茂みの感触と、隅々に籠もる甘ったるい体臭を味わいながら舌を這わせた。

今日も千夜はあちこちを歩き回り、今夜は入浴していないのだろう。蒸れた匂いは実にかぐわしく、汗と残尿の成分が馥郁と彼の鼻腔を刺激した。

舐めるごとに新たに溢れる蜜汁は淡い酸味を含み、心地よく彼の舌を濡らしてきた。

孝二郎は念入りに膣口を舐め、突き立ったオサネにも吸い付いた。

「アア……、気持ちいい……」

千夜がうっとりと口走り、次第に遠慮なく彼の口に割れ目を押し当ててきた。

孝二郎は充分にオサネを吸い、さらに尻の谷間に鼻を潜り込ませ、秘めやかな芳香を籠もらせる蕾にも舌を這わせた。細かな襞がきゅっきゅっとくすぐったそうに収縮し、さらに内部に潜り込ませると滑らかな粘膜が舌を迎えた。

そして千夜の前も後ろも充分に舐め尽くすと、

「どうか、もう……」

千夜が降参したように声を震わせた。

孝二郎は彼女の身体を股間へと押しやり、そのまま茶臼で一物を跨がせた。

千夜も先端を陰戸に受け入れて、ゆっくりと座り込み、

「あう……！」

完全に股間を密着させながら呻いた。

孝二郎も、心地よい柔襞の摩擦と熱いほどの温もりを感じながら、一つになった感激と快感を嚙みしめた。

抱き寄せて乳首に吸い付くと、甘ったるい汗の匂いが胸元や腋から漂った。

彼は左右の乳首を交互に吸って舌で転がし、さらに彼女を下から抱きすくめた。

「いきそう……、孝二郎様……」

近々と顔を寄せた千夜が甘酸っぱい息で囁き、ゆるやかに腰を動かしはじめた。

孝二郎も股間を突き上げながら、急激に高まっていった。

千夜は次第に激しく身をくねらせ、彼に唇を重ね、さらに顔中にも滑らかな舌を這い回らせてくれた。女の舌というのは、本当にこの世で最も清らかで、心地よいものなのだと思った。

「く……、千夜……！」

かぐわしい匂いに包まれながら、孝二郎はとうとう昇り詰めて口走った。

同時に大きな快感の嵐に巻き込まれ、彼は熱い大量の精汁を内部に放った。

「ああーッ……！　い、いく……！」

射精を感じ取りながら、千夜も声を上ずらせ、がくんがくんと狂おしく絶頂の痙攣を開始した。

孝二郎の部屋から両親の寝室は離れているので、少々声を上げても聞こえることはないだろう。

彼は美少女の収縮の中、最後の一滴まで心おきなく射精した。千夜も搾り取るように締め付け続け、やがて彼が動きを止めると同時に、ぐったりと力を抜いて彼に体重を預けてきた。

今回は、多くの幻影を見せることもなかった。それだけ千夜が、大人になりつつあるのだろうか。あるいは淫法を使わず、一人の女の感覚として孝二郎と交わりたかったのかもしれない。

重なったまま、孝二郎は千夜の温もりと甘酸っぱい吐息に包まれながら、うっとりと快感の余韻に浸り込んだ。彼女が遠慮して、すぐにも上から離れようとするのを抱き留め、いつまでも心地よい重みを味わっていた。

「良かった……、とっても……」

千夜が荒い呼吸とともに呟き、嬉しさを噛みしめるようにきゅっときつく締め上げてきた。

やがて充分に呼吸を整えると、千夜が股間を引き離し、孝二郎も起き上がった。そして処理もしないまま、そのまま二人でそっと湯殿に入っていった。

湯殿も両親の寝室から離れているし、もう二人ともとうに眠り込んでいるだろう。それに素破のことだから、万一親が見に来たりしても事前に気配を察知し、咄嗟に姿を消すことぐらい出来るはずだった。

孝二郎は、まだ充分に温かな湯を浴びて股間を洗い、千夜も顔を洗って念入りに化粧と口紅を落とした。

顔を上げると、目の覚めるような美少女がそこにいた。もちろん孝二郎は、一度きりの射精で気が済むはずもなく、千夜の素顔を見て早くもむくむくと回復しはじめてしまった。

彼は美しい千夜の顔を見つめ、唇を重ねて念入りに舌をからめた。

「このように……」

充分に唾液と吐息を味わってから口を離すと、孝二郎は言って彼女を目の前に立たせた。そして彼は簀子《すのこ》に座り込んだまま、千夜の片方の足を風呂桶の端に載せさせた。

孝二郎の鼻先に、千夜の湯に濡れた陰戸が迫った。

「ゆばりを放ってくれ……」

「え……？」

恥ずかしい要求を口にすると、千夜もさすがに驚いたように声を洩らした。

しかし、さすがに淫法の達者だから、ゆばりも充分に男の淫気を高めるものであることを知っているし、千影同様に体液を循環させる法も心得ているだけに、納得してくれるのは早かった。

「よろしいですか……」

すぐにも下腹に力を入れ、息を詰めて囁いてきた。

孝二郎が顔を寄せて頷くと、間もなく割れ目内部の柔肉が迫り出すように蠢き、ちょろちょろと可憐な流れがほとばしってきた。

それを舌に受けると、淡い香りと味わいが心地よく口に広がってきた。相手は人混みに汚されていない、仙境から来た超美少女なのだ。その身体から出るものだから、実に清らかで、孝二郎は飲み込みながら身も心も浄化される気がした。

温かな流れはいくらも続かず、すぐに出尽くしてしまった。

孝二郎は割れ目に直接口を付け、舌を潜り込ませて余りの雫《しずく》をすすった。すると、舐め回しているうち、たちまち新たな蜜汁のぬめりと淡い酸味が満ち満ちてきた。

「ああン……」

また感じはじめ、千夜が喘ぎながらがくがくと膝を震わせた。

もう体臭は消えてしまったが、ゆばりの残り香を感じながら孝二郎は、執拗《しつよう》に割れ目内部を貪り、やがて我慢できないほど高まってきた。

ようやく舐め尽くすと、彼は身を離し、もう一度二人で交互に湯に浸かってから湯殿を出た。手早く身体を拭き、再び部屋に戻って布団に潜り込んだ。

「今度は、どのように……」

「また上になってほしい」

言われて、孝二郎は仰向けになりながら答えた。

「では、少し工夫を」

千夜は言い、屈み込んで一物をしゃぶり、たっぷりと唾液に濡らしてくれた。そして顔を上げ、孝二郎の股間を跨いで茶臼で挿入してきた。

再び、孝二郎自身は美少女の柔肉に根元まで没した。さっきと違うのは、千夜が今は素顔を晒《さら》していることだ。その、あまりに現実離れした美しさは、白粉を塗りたくった顔以上に妖しかった。

と、彼女がいつの間に準備したか、細紐《ほそひも》を天井の桟に通して、それに両手で摑まったのだ。千夜の両足が浮かされ、さらに彼女の身体がぐるぐると回転しはじめた。

「ああッ……！」

孝二郎は、滑らかな摩擦に思わず喘いだ。屹立した一物が、柔襞によってねじれるような快感があった。

やがて細紐がよじれて回転が止まると、今度は逆回転を開始した。桟も紐も細いが、小柄な千夜の体重を支えるには充分なようだ。

「アアーッ……！　き、気持ちいい……」

千夜も回転しながら声を洩らし、潮を噴くように大量の蜜汁を溢れさせた。しかもそれが遠心力で飛び散り、孝二郎の腹から太腿までびしょびしょにさせてきた。

やがて、独楽《こま》のように回転し続ける千夜の陰戸に刺激され、孝二郎はあっという間に昇り詰めてしまった。

同時に、千夜も気を遣ったようだ。

「い、いく……！」

彼女は喘ぎながら膣内を収縮させ、孝二郎もありったけの精汁を噴出させながら快感を受け止めていた。

彼が出し切ると、千夜も回転を止め、紐から手を離して完全に身を重ねてきた。

それで心おきなく孝二郎は、千夜を抱きすくめて舌を吸い、心溶かす吐息と唾液を味わいながら余韻に浸ったのだった……。

三

「ああ、孝二郎さんよ。少し頼みがあるのだが」

ある日のこと、孝二郎が道場での稽古を終えると、玄庵が話しかけてきた。所用のついでにでも池野道場に立ち寄り、そろそろ孝二郎が出てくると思って離れの縁側で待っていたのだろう。

「こんにちは。はい、何でしょう」

孝二郎は辞儀をして言った。稽古後の爽快感が全身を包んでいる。幸い、冴は、新たな婦女子の入門者が来るというので、まだ道場に残っているから時間はあった。

「せんの奴に頼まれたのだが、何やら箪笥《たんす》を移動させるのに男手が必要らしい。うちへ寄って、少し手伝ってやってくれぬか」

「ええ、おやすい御用です」

「ならば頼む。わしは藩邸へ戻る」

玄庵は一緒に池野道場を出て、途中で別れていった。

孝二郎は足早に淡路町へ向かい、久しぶりに結城家を訪ねた。

「御免下さいませ」

いきなり庭に回らず玄関から訪《おとな》うと、すぐにせんが出てきて、彼を座敷へ上げてくれた。部屋には床が敷き延べられ、その隣には新三郎という二歳になる赤ん坊が静かに眠っていた。

「大掃除ですか？　箪笥を動かすとか」

「もう済みました。ちょうど子供が寝付いたところですので、お早く」

せんが、帯を解きながら言った。

「え……？」

孝二郎は驚きながらも、急激に淫気を催してきた。

それにしても、情交相手の若者を呼びつけるのに夫を使うとは、何という大胆さであろうか。

せんは表情も変えず、急《せ》かすように手早く脱ぎはじめている。

孝二郎も脇差を置き、袴と着物を脱いだ。

たちまちせんは腰巻きまで取り去り、襦袢だけ羽織って先に横たわった。孝二郎も、あとから全裸になって添い寝し、熟れた新造に腕枕してもらいながら豊乳に顔を埋め込んでいったが、どうにも隣に赤ん坊が寝ていると思うと落ち着かず、また何も知らない玄庵に対しても後ろめたかった。

しかし一向に意に介していないように、せんは早くも息を荒げて秘め事に没頭し、きつく彼を抱きすくめてきた。

孝二郎も、甘ったるい汗の匂いに包まれ、色っぽい腋毛に鼻を埋め込むと、もう他のことは全て頭から吹き飛んで欲望に専念しはじめてしまった。

濃く色づいた乳首を含み、もう片方の膨らみを揉みしだきながら舌を這わせると、

「アア……、もっと強く……」

せんが顔をのけぞらせ、子を起こさぬようか細く喘いだ。

孝二郎は左右の乳首を代わる代わる吸い、軽く歯を当てて愛撫した。さらに白い首筋を舐め上げ、お歯黒の覗く口をぴったりと塞いだ。

「ンン……!」

せんは目を閉じ、熱く甘い息を弾ませながら、差し入れた彼の舌を強く吸った。

孝二郎も充分に舌をからめ、新造の唾液と吐息を味わってから、さらに熟れ肌を舐め下りていった。

脇腹から腰、太腿から脛を舌でたどり、例によって足裏を舐め回した。指の股に鼻を割り込ませて嗅ぐと、やはり汗と脂に湿って蒸れた芳香が鼻腔を刺激してきた。

いつもながら、美女というのは隅から隅まで興奮をそそる匂いをさせているものだ。

孝二郎は爪先をしゃぶり、両足とも全ての指の股に舌を潜り込ませて、うっすらとしょっぱい味を堪能した。

「く……！」

せんは息を詰め、足を強ばらせながらも拒まずじっとしていた。本当は、そんな場所よりも、早く肝心な部分を舐めてほしいのだろう。

焦《じ》らすわけではないが、やはり陰戸は最後に味わう場所だ。

とにかく孝二郎は味と匂いが消え去るまで両足を賞味し、ようやくむっちりした脚の内側を舐め上げていった。

せんも、ようやく期待に身を震わせ、自ら両脚を広げた。

腹這いになりながら、孝二郎は顔を進め、白く滑らかな内腿を舐め、そっと歯を立てながら、やがて股間に迫った。

陰戸からはみ出す花弁は、すでに大量の蜜汁にねっとりとまみれ、悩ましい匂いを含んだ熱気が渦巻くように籠もっていた。孝二郎は指を当てて陰唇を開き、白っぽい粘液に濡れた膣口に舌を伸ばしていった。

柔襞を掻き回すように舐め、淡い酸味の蜜汁をすすり、突き立ったオサネまで舐め上げていくと、

「ああッ……」

せんがきつく内腿を締め付けながら、熱く喘いだ。

孝二郎は柔らかな茂みに鼻をこすりつけ、隅々に籠もった大人の女の匂いで胸を満たしながら、執拗にオサネを舌先で弾いた。

「もっと、強く……」

せんが、か細い声で言った。

孝二郎は上の歯で包皮を剝き、露出した突起を軽く前歯で挟みながら、小刻みに吸い上げた。

「あうう……、それ……」

せんは気に入ったように言い、しばらくは内腿の力を緩めず、彼の顔を股間から離そうとしなかった。

孝二郎は舌の根が疲れるまで舐め続け、やがてせんはひくひくと肌を震わせてから、ぐったりとなってしまった。どうやら声も洩らさず、気を遣ってしまったようだ。

硬直が解けて反応が無くなると、ようやく孝二郎は顔を引き離して移動し、勃起した一物を彼女の喘ぐ口に触れさせていった。

叱られるかもしれない、と思ったが、せんはすぐにもちゅっと吸い付き、熱い息で彼の股間をくすぐりながら、ちろちろと舌を動かしてきた。

孝二郎は快感に息を弾ませ、さらに喉の奥まで押し込んでみた。先端が、ぬるっとした喉の奥の肉に触れ、唾液の分泌が急激に増してきた。

「ク……」

せんは僅かに眉をひそめたが拒まず、上気した頬をすぼめて吸ってくれた。

やがて彼女が吸引を止めて口を開くと、孝二郎も心得て再び移動した。せんの股間に戻って腰を進め、本手（正常位）で先端をあてがっていった。

彼女も力を抜き、受け入れる体勢を作ってくれている。

孝二郎は、感触を味わいながらゆっくりと挿入していった。

「アア……」

亀頭が潜り込み、さらに根元まで滑らかに入っていくと、せんが顔をのけぞらせて喘いまれた。孝二郎も深々と押し込んで股間を密着させ、身を重ねてゆきながら新造の温もりに包まれた。

感触を味わっているうちにも、せんの方から股間を突き上げてきた。やはりオサネによる絶頂と、挿入による快感はまた別物のようだった。

突き上げに合わせ、孝二郎も腰を突き動かしはじめた。何とも心地よいぬめりと摩擦が彼自身を包み込み、次第に互いの動きは、股間をぶつけ合うように激しいものとなっていった。

「あうう……、駄目、声が出る……」

せんは息を詰めて言い、それでも股間の突き上げを止めなかった。そして新三郎を起こさぬようにするためか、大きな声を出すのをはしたないと思ってか、下から激しく彼の唇を求めてきた。

孝二郎も口を重ね、激しく舌をからませながら動き続け、たちまち大きな快感のうねりに巻き込まれていった。

「ウ……、ンン……！」

勢いよく射精するとともに、せんも昇り詰めて呻き、互いに身を震わせながら絶頂を味わった。孝二郎は溶けてしまいそうな快感に身悶え、大量の精汁を注入しながら新造の舌を吸った。

やがて全て出し切ると、ひくひくと痙攣していた肌の硬直が解け、せんもぐったりと身を投げ出してきた。どうやら、とことん満足したようだった。孝二郎は身を重ねたまま、せんの甘い吐息を嗅ぎ、温もりに包まれながら心地よい余韻に浸った。

すると間もなく、新三郎がむずがりはじめ、せんも我に返ったように彼の下から這い出していった。

四

(うん？　あれは、千夜……！)

番町への帰り道、孝二郎は神社の境内で、千夜が破落戸にからまれているところを見かけた。例の二人である。

どうやら、また千夜を見つけ、何かと因縁をつけているのだろう。

孝二郎は左手を鍔《つば》にかけながら、境内に飛び込んでいった。千夜のことだから、むしろ孝二郎の助けなど邪魔なぐらいだろうが、やはり見捨ててはおけなかった。

「待て！」

孝二郎が言うと二人が向き直り、千夜は助けを求めるように、いち早く彼の背後に回ってきた。

「また出やがったな、サンピン！　てめえらはどうにも目障《ざわ》りなんだよ！」

大柄な方が言い、最初から凶悪な殺気を漲《みなぎ》らせてきた。そして早くも二人とも、長脇差の鯉口を切ってきた。今日ばかりは、抜かずには済まさぬ勢いである。

もちろん孝二郎は、全く恐ろしくはなかった。冴の仕込みで剣技も上達しているし、何しろ背後には素破の千夜がいるのだ。万一の時は石飛礫や、前のように口から何か吐き出して手助けしてくれるだろう。いや、手助けと言うより、千夜が二人を倒してしまうのだ。

今、千夜が弱そうに身を縮めているのも、破落戸を油断させるため。そして孝二郎に手柄を譲ってくれるつもりなのだろう。

「てめえから地獄へ堕ちろ！」

大柄な方が言い、二人とも抜刀した。

そして思い切り斜に斬りかかってくるのを、咄嗟に孝二郎も刀を抜いて受け流した。

そのまま夢中で、左に飛んで渾身《こんしん》の逆胴。

「むぐ……！」

着物越しに、何本かの肋骨を両断した嫌な感触が伝わり、破落戸が呻いた。その結果を確かめる余裕もなく、左から斬りかかってくるもう一人の胸に、孝二郎は体当たりするように諸手突きを繰り出した。

「ば、馬鹿な……！」

切っ先が深々と破落戸の胸に食い込み、相手は目を見開いて呟いた。こんな優男にやられたことが、どうにも信じられないのだろう。

しかし、孝二郎の方がもっと信じられなかった。

そのうち千夜が助けてくれるだろうと思いつつ、相手の攻撃に合わせ、無意識に身体が動いていたのだ。

相手が膝を突いて倒れると同時に刀が抜け、その勢いで孝二郎も尻餅を突いた。

先に斬りつけた男も、傍らに蹲《うずくま》って痙攣していた。

（ひ、人を、斬ってしまった……）

孝二郎は、両手で柄を握ったまま全身を震わせ、腰が抜けたように立てなくなっていた。その背に、千夜がしがみついている。

と、そこへ一人の男が入ってきた。

「お、お花《はな》、どうした……。ひぃッ……！」

駆け寄ってきた二十歳前後の町人が、境内の様子に立ちすくんだ。

「お花だって……？」

孝二郎は必死に背後を振り返ると、しがみついて震えている白粉少女は、千夜ではなかった。

年格好や体つきが似ているうえ厚化粧をしているから、てっきり千夜だと思い込んでいたのだ。それは破落戸たちも同じだったのだろう。

「ち、千夜ではないのか……」

「お、お千夜は店を辞めました。私は宝来屋の手代で茂助《もすけ》と申します。お花は店に入ったばかりでして……、お武家様、これは一体……」

茂助と名乗った手代もがたがた震えながら、倒れて呻いている二人を見回した。

「す、済まぬが、番屋に知らせてくれぬか……」

「承知しました……」

茂助は頷き、逃げるように境内を飛び出していった。花は、まだ孝二郎の背にしがみついたままだ。

とにかく、孝二郎は花を優しく引き離し、震える手で懐紙を取り出した。そして何度も刀身を拭ってから、やっとの思いで鞘《さや》に納めた。多少、納めるときにきつく感じられたのは、骨を切断したときに刀が少し曲がったためかもしれない。

「大丈夫だ。心配するな……」

孝二郎は言い、花と一緒に木立ちに摑まりながら、ようやく立ち上がった。全身が夢を見ているようにぼうっとなり、足は雲を踏むように頼りなかった。

最初に脇腹を斬られた破落戸は、まだ苦悶しながら痙攣を続け、胸を刺された方はすっかり動かなくなっていた。

混乱する頭で、孝二郎は考えを整理した。

要するに千夜は、孕んだ兆しがあったからかどうか分からぬが、宝来屋を辞めた。しかし白粉小町の人気が高かったから、奉公に来たばかりの少女に白粉を塗り、千夜の代わりに物売りをさせることになった。

それで今日は茂助が同行し、回る道筋でも教えていたのだろう。その途中、所用で彼が目を離した隙《すき》に、花を千夜と勘違いした破落戸にからまれ、そこへ孝二郎が行き合わせたというわけだ。

千夜でないと分かっていたら、孝二郎もあんな働きは出来なかっただろう。

やがて茂助に案内されて、境内に岡っ引きを従えた同心が駆け込んできた。それを見て、ようやく孝二郎も落ち着きを取り戻した。役人たちの前で、いつまでも震えているわけにはいかない。

「これは、紛れもなく手配中の二人」

同心が、すでに死んでいる男と、顔を歪めて呻いている破落戸の二人を見て言った。

「お手前が手を下されたのですね」

同心が向き直り、ひ弱そうな孝二郎にも礼を尽くして言った。

「ああ、間違いない。降りかかる火の粉で、やむを得なかったのだ」

「お腰のものを拝見できますか」

言われ、孝二郎は抜刀し、同心に刀を見せた。彼は血糊の痕《あと》と刀身の歪みを確認し、恭しく返してきた。

「とにかく、番屋の方でお話を伺えますか」

「わかった」

孝二郎が答えると、同心は岡っ引きたちに破落戸たちの始末を任せ、近くの番屋まで案内した。もちろん茂助と花も従い、孝二郎が同心にする説明を、花が震えながら補ってくれた。

以前からの、千夜を含めての悶着は特に言わなかったので、単に今日、境内で花がからかわれているところへ孝二郎が来て、攻撃されたので応戦した、と言うことで話は落ち着いた。

「あの二人は、甲府《こうふ》あたりから流れてきた札付きで、弱そうなお旗本を襲っては金を巻き上げていたのです。お旗本も外聞が悪いので黙っていたようですが、さすがに被害が大きくなると捨て置けず、自警団でも作ろうかという矢先でした」

そのように同心が説明してくれた。だから孝二郎も、弱そうな一人に思われて脅《おど》されたのだろうと同心も納得したようだった。

「まあ、世の中を舐めきった奴らです。いつ無礼討ちにあってもおかしくなかったのでお咎《とが》めはありませんでしょう」

同心は言ったが、いちおう名と番町の屋敷、役職だけは書き留められ、まずは孝二郎も解放されることとなった。

「お花をお助け頂き、本当に有難うございました。またお千夜ともお知り合いでお世話になっていたとか、いずれ主人より御礼に伺いますので」

茂助は言い、頭を下げる花とともに宝来屋へと帰っていった。

孝二郎は、千夜が自分に黙って宝来屋を辞めたことを寂しく思った。事情があるのだろうが、もう二度と彼女に会えないのではという不安を抱いた。とにかく彼は番町の家に帰り、しばらく沙汰が来るまで待機することにした。

しかし翌朝にも奉行所の使いが来て、お咎め無しと言うことがはっきりした。もう一人の破落戸も、夜半には絶命したようだった。

しかもお咎め無しどころか、悪人を成敗したことで僅かながら報奨金が出された。そのうえ昼前には宝来屋からも主人夫婦が訪ねてきて、小田浜の名産品を山ほど置いていった。

これには老父母も実家の兄も驚き、しばらくは慌ただしい日々が続いた。

月一度の登城の折りにも、朋輩《ほうばい》たちから絶賛を浴びた。その大部分が、幼い頃に孝二郎をいじめ、何かとこき使った連中だが、みな彼を見直したようだった。

「いやあ、今も剣術道場に通っていると言うことだが、実に大したものだ。いつでも戦えるように技と気を練《ね》ることこそ旗本の務め。しかも二人とも、ただの一太刀と言うではないか。いや、感服した」

みな口々に言い、孝二郎も二人を殺めた心の傷から、ようやく立ち直ることが出来たのだった。

それにしても、旗本の身分を秘して戯作者になろうと決めた矢先、武士として有名になってしまうのは何とも気恥ずかしいものである。

そしてしばらくするとようやく周囲も静かになり、孝二郎はまた戯作に専念する日常へと戻っていったのだった。もちろん何日か休んでしまった池野道場へも復帰し、冴も意気込んで実戦の様子を聞きたがった。

「大変な活躍だったようですね。門弟たちからも評判でした。ですから今日は、皆に残ってもらい、お話を伺うことにしました」

道場に行くと冴が言い、普段は帰ってしまう婦女子の門弟たちが勢揃いして孝二郎を待っていたではないか。

総勢十人ほどの若い女たちは、みな旗本や御家人の娘たちで、稽古を終えて汗ばんだ顔で端座していた。孝二郎は、道場内に籠もる何とも甘ったるく濃厚な娘たちの体臭と一斉の好奇の視線を浴びて、身体の芯を熱くさせた。

みな内心は、こんな弱そうな男が二人を倒したのか、と驚いているのだろうが、もちろん道場内なので無駄口を叩くものはいない。

「相手は二人とか。どのような攻撃でしたか」

冴は言い、門弟二人に木刀を持たせ、孝二郎の指示のように立たせた。

「一人はこの位置、もう一人はこの辺りでした。二人とも抜刀したものの、正式な剣技は知らぬようで、八相に近い構えでした。そう、このように」

孝二郎は説明し、二人の美しい門弟に木刀を構えさせた。

「なるほど、ヤクザものが力任せに振りがちな構えですね」

冴も納得して言い、さらに孝二郎は説明を続けた。一人が斬りかかるのを、抜き打ちざまに払い、逆胴を決めて二人目に諸手突き。

実際に動いてみると、そのときの興奮が甦ってきた。人を殺した衝撃よりも、よくもあ自分が無傷でいられ、最小限の動きで二人を倒したという驚きの方が強かった。本当に、間一髪のところで相手の攻撃の前に仕掛けているのである。

「確かに、最も理に適った攻撃だったと思います」

冴が感心して言った。

「しかし、あとで思えば上出来でも、そのときは平常心ではなかったはず」

「はい。その通りで、全く何が起きたか分からないほど夢中でした」

「何も考えなくても、身体が自然に動くとは大したものです」

「いえ、冴先生のお仕込みの賜《たまもの》です」

孝二郎は言い、実戦の型を終えた二人の門弟も席へ戻った。

もちろん全員、相手が剣技を知らぬ破落戸といって馬鹿にするものはいない。相手は二人なのだし、実戦経験をしたことのない旗本と違い、多くの修羅場をくぐってきた奴らなのである。

やがて門弟たちは礼をして道場を出て行き、着替えて帰っていった。

残った孝二郎は冴に稽古をつけてもらい、そのあと久々に離れへと二人で入っていった。今日は母屋も出払い、誰も来ないようである。孝二郎は、あの事件以来初めて情交できる期待に、激しく勃起してきた。

五

「見違えるほどに逞《たくま》しくなっておりますよ」

全裸になると、やはり一糸まとわぬ姿になった冴が、彼の身体を見下ろして言い、そっと胸や腹に手のひらを這わせてきた。

「本当に、冴先生のおかげです」

孝二郎は、剣技のみならず、最初の女になってくれた冴に感謝を込めて言った。

冴は屈み込み、多少は厚みが出てきた彼の胸板に舌を這わせ、乳首にも吸い付いてきた。孝二郎は、くすぐったい快感に喘ぎ、自分も手を伸ばして冴の乳房をいじった。

「う……、んん……」

冴は小さく呻き、熱い息で彼の肌をくすぐりながら、そっと乳首を嚙んでくれた。

さらに両の乳首を愛撫し、そのまま一物に顔を寄せていった。

すでにはちきれそうに勃起している先端を、冴が丁寧に舐めはじめた。

「ああ……」

孝二郎は快感に喘ぎ、やがてすっぽり含まれた口の中で、ひくひくと幹を上下に震わせた。内部では舌が滑らかに蠢き、たちまち一物全体は美女の温かな唾液に心地よくまみれた。

冴は充分に舐め、激しく吸い上げ、ふぐりまで念入りにしゃぶってから顔を上げた。

「こちらへ……」

孝二郎は彼女の手を握って引き寄せ、顔に跨がせていった。

「アア……、恥ずかしい……」

冴は、肌を震わせて言いながらも、やがて完全に跨り、彼の鼻先に陰戸を迫らせてくれた。何度情交しても、冴は羞じらいと慎みを忘れず、一方で大胆なほど自身の快楽にも忠実で、それが魅力なのだった。

孝二郎は下から彼女の腰を抱え、目の前の艶かしい眺めもさることながら、美女に顔を跨がれている状況に激しく燃え上がった。

興奮と期待に色づいた花弁は、今にも滴《したた》りそうなほど蜜汁の雫《しずく》を膨《ふく》らませていた。

孝二郎は引き寄せ、完全に密着させた。柔らかく鼻をくすぐる茂みからは、馥郁《ふくいく》たる女の匂いが漂い、舌を伸ばすと大量のぬめりを宿した柔肉が迎えてくれた。

彼は悩ましい匂いに包まれながら膣口の襞を舐め、突き立ったオサネに吸い付いた。

「あうう……、いい気持ち……」

冴が腰をくねらせて喘ぎ、自らオサネを彼の口へ押しつけてきた。

孝二郎も執拗に舐め回し、尻の谷間にも潜り込み、秘めやかな匂いを味わいながら可憐な蕾に舌を入れた。

すると冴は、しばらくは好きに舐めさせてくれていたが、やはり肛門は抵抗があるのか、自分から股間を移動させ、再びオサネをこすりつけてきた。

孝二郎は存分に吸い付き、半面を淫水でぬるぬるにしながら高まった。

冴も頃合いと見たように股間を引き離し、そのまま孝二郎の股間に移動していった。

先端を陰戸にあてがい、ゆっくりと腰を沈め、ぬるぬるっと根元まで柔肉に呑み込んでいった。

「く……、いいわ……、奥まで届く……」

冴が目を閉じ、快感を嚙みしめて言った。

孝二郎も挿入時の摩擦に息を詰め、暴発を堪えながら冴の温もりと感触を味わった。

彼女は股間を密着させ、ぐりぐりとこすりつけるように動かしながら、身を重ねてきた。孝二郎も股間を突き上げながら下から抱きつき、実に心地よい肉襞の感触に息を弾ませた。

「アア……、すぐいきそう……」

冴が息を詰め、彼の耳元で熱く囁いた。

孝二郎は腰を動かしながら顔を潜り込ませ、冴の乳首に吸い付いた。汗ばんだ胸元や腋からは甘ったるい体臭が馥郁と漂い、彼は左右の乳首を交互に含んでは、ちろちろと舌で転がした。

そして首筋を舐め上げて唇を求めると、冴も自分からぴったりと口を重ね合わせてきた。柔らかく濡れた舌が触れ合い、孝二郎は注がれる唾液で喉を潤しながら、甘くかぐわしい吐息で胸を満たした。

次第に互いの腰の動きは激しくなり、溢れる蜜汁がくちゅくちゅと淫らに湿った音を響かせた。

孝二郎は高まりながら彼女の舌を吸い、やがて冴が息苦しそうに口を離すと、さらに鼻を押しつけた。冴は彼の鼻の穴を舐めてくれ、たちまち孝二郎は熱くかぐわしい匂いに包まれながら昇り詰めてしまった。

「く……！」

快感に呻きながら、ありったけの精汁を噴出させると、

「あぁッ……！　もっと出して……！」

射精を感じた冴が口走り、狂おしく身をよじって膣内を収縮させた。同時に絶頂に達しながら、孝二郎は最後の一滴まで心おきなく絞り尽くした。

何度体験しても、この快感は得難く素晴らしいものだった。

彼が動きを止め、ぐったりと力を抜くと、冴も徐々に動きをゆるめ、肌全体を重ねて体重を預けてきた。

「良かった……」

冴が荒い呼吸とともに呟《つぶや》き、過ぎ去ってゆく絶頂を惜しむように、なおも彼の顔に舌を這わせては、口を重ねて舌をからめた。

孝二郎は、冴の吐息と唾液、舌の感触に酔いしれながら余韻を味わい、満足げに萎えかけた一物をぴくんと震わせた。

今日のこの体験も、また次作の内容に大きな影響を与えることだろう。済んですぐ、戯作のことを考えてしまうのは相手に済まないことだが、最近の孝二郎はすっかり情交の描写にばかり頭を使うようになっていた。

「今度、道場で練習試合を行ないます。来て頂きたいのですが」

冴が、重なったまま言った。

戯作に没頭している孝二郎と同じく、冴も情交が済んだ途端、考えるのは剣のことだけらしい。

「はあ、男の私が参加を？」

「いいえ、私と一緒に審判に立って頂きたいのです。今日の皆を見て、男が一人いるだけで相当に門弟たちの表情が引き締まり、真剣になることが分かりました」

「なるほど。でも私などが、咄嗟《とっさ》に見極められるかどうか」

「今のあなたなら大丈夫です」

「では、伺《うかが》わせて頂きます」

まだ一物を陰戸に納めたまま孝二郎は答え、こんな状況で日常会話をしているのが奇妙に思えた。

冴も、彼の返事に頷くなり、また口吸いを再開してきた。

その刺激に、潜り込んだままの一物が、内部でまたすぐにもむくむくと膨張してきてしまった。

「あん……、また中で大きく……」

冴が、嬉しげに言いながら膣内を締め付けてきた。

孝二郎もすっかり淫気を甦らせ、再び舌をからめながら、勢いをつけて股間を突き上げはじめた。

「アア……、またいきそう……」

冴が動きを合わせながら言い、新たな蜜汁を溢れさせてきた。

孝二郎は膣内の摩擦と締まりの良さに高まり、また二人で急激に昇り詰めていくのだった……。

第五章　嫁入り前の淫ら好奇心

一

「お千夜は、いま小田浜藩の上屋敷に住み、行儀見習いに専念しております」

千影が言った。

ある日のこと、孝二郎が道場を出ると千影が待っていたのである。孝二郎も、宝来屋を辞めたあとの千夜のことが気になっていたし、千影もそれを察して知らせに来てくれたようだった。

まだ千夜は江戸にいるようで、孝二郎はようやく安心したものだった。

それで二人は、内藤新宿にある出合い茶屋に来ていた。話をするには好都合だし、それ以上に孝二郎は妖しい期待に胸を高鳴らせた。

「そうですか。別に、何かしくじりをしたとか、あるいは勝手に私の屋敷へ来たことへのお咎《とが》めでは……？」

孝二郎は、千夜を心配して言った。

「それはございません。単に、町家での見聞を広めたので、あとは武家屋敷のしきたりを学ぶ時期に入っただけです。ご心配忝《かたじけ》なく存じます。お千夜も喜ぶことでしょう」

「それなら良かったです」

大藩の上屋敷内なら、千夜がずば抜けた美貌を晒しても騒動にはならないだろう。

「破落戸を成敗したお噂《うわさ》は聞きました。お千夜も、自分がついていれば孝二郎様を危険な目に遭わせることはなかったのに、と悔やんでおりました」

「あの、花という娘は……？」

「お花は、素破ではありません。十五になる小田浜の町家の娘で、親とともに江戸へ出てきたので、しばらく白粉小町の二代目をさせているだけです」

言われて孝二郎は納得し、そして一番気になっていることを訊いてみた。

「それで、私はまた千夜と会えるのですか」

「もちろん、会って頂きます。近々、場を設《もう》けますので、いま淫気が溜まっているようでしたら、私が何でも致しましょう」

「わあ、有難うございます……」

孝二郎は顔を輝かせ、すぐにも千影の胸に縋《すが》り付きたくなってしまった。

「玄庵先生のお話では、戯作をはじめられたとか」

千影が立ち上がり、優雅な仕草で帯を解きながら言った。

「はい。恥ずかしいのですが」

孝二郎も脇差を置き、袴を脱ぎながら答えた。

「ならば、より多くの行為を試した方がよろしゅうございますね」

千影は言い、着物を脱いでみるみる白く熟れた肌を露出していった。

孝二郎も、どのようなことを体験させられるのかと息を弾ませ、先に全裸になって布団に横たわった。

「上からどうぞ、まずはお好きに」

一糸まとわぬ姿になった千影が添い寝して言い、孝二郎も身を起こして、上から唇を求めていった。

艶かしい唇を味わい、舌を差し入れて綺麗な歯並びを舐めると、千影も前歯を開き、熱く甘い息の匂いを漂わせながら舌をからめてきてくれた。

孝二郎は、じっくりと美女の唾液と吐息を吸収してから、白い首筋を舐め下り、椀を伏せたように形良い膨らみに顔を埋め込んでいった。色づいた乳首を含んで吸い、もう片方を揉みしだきながら舌で転がすと、甘ったるく優しい体臭が彼の顔中を包み込んできた。

両の乳首を代わる代わる吸って愛撫してから、腋の下にも顔を埋め、色っぽい腋毛に鼻をこすりつけて熟れた匂いを嗅ぎながら、さらに肌を舐め下りていった。

腰から太腿、足の裏から指の股まで味と匂いを堪能し、孝二郎は千影の股間に顔を潜り込ませていった。

熟れた果肉は、今日もねっとりとした蜜に潤い、妖しく息づいていた。あるいは淫法の手練れとなれば、自在に濡らすことが出来るのかもしれない。

柔らかな茂みに鼻を埋め、今日も悩ましく籠もる匂いで胸を満たしながら、孝二郎は花弁に舌を這わせた。生温かな蜜汁をすすり、膣口を探ってからオサネまで舐め上げていくと、

「アア……」

千影が声を洩らし、びくりと下腹を波打たせた。

孝二郎はオサネを吸い、溢れる淫水を舐め取ってから、さらに彼女の両脚を浮かせ、秘めやかな匂いの籠もる蕾にも鼻を押し当てた。そして顔中に尻の丸みを感じながら舌を差し入れ、滑らかな粘膜を味わった。

千影の蕾はぽっかりと丸く開いて舌を受け入れ、まるで陰戸の穴のようにきゅっきゅっと舌を締め付けてきた。

孝二郎は充分に美女の肛門を味わってから、再び割れ目とオサネに舌を戻した。

「私にも……」

すると千影が言って彼の下半身を引き寄せた。孝二郎は、割れ目に顔を埋めながら身を反転させ、上から彼女の顔を跨いだ。

千影が下から彼の腰を抱え、すっぽりと一物を喉の奥にまで含んできた。

「く……」

孝二郎は快感に呻き、温かく濡れた口腔で舌に翻弄され、優しい吸引をされながら最大限に膨張していった。熱い鼻息がふぐりをくすぐり、千影はたまに口を離して睾丸を吸い、さらに長い舌を肛門にまでぬるっと潜り込ませてきた。

そして再び肉棒を含むと、彼はまるで口と交接するように、思わず、ずんずんと腰を突き動かしてしまった。さすがに千影は、いくら喉の奥を突かれても噎せることなく、舌の蠢きと吸引を続けてくれた。

孝二郎はワレメを舐めながら、二つ巴の体勢のまま腰を動かし、千影の口を犯し続けた。しかし千影も愛撫を制御して、孝二郎が暴発しないよう気をつけてくれているようだった。

それでも限界が迫り、彼は顔を上げた。

すると千影もすぽんと亀頭から口を離し、

「どうぞ、本手にて交接を……」

息を弾ませて言いながら、彼の手を引いて誘導してきた。

本当は茶臼が好みなのだが、何か新たな工夫があるかもしれないと思い、孝二郎は言いなりになって向き直った。そのまま唾液に濡れた先端を陰戸に押し当て、のしかかりながらゆっくりと挿入していった。

「アァッ……！」

ぬるぬるっと滑らかに根元まで潜り込ませると、千影が顔をのけぞらせて喘いだ。

中は温かく、柔襞の摩擦と締まりの良さが孝二郎を心地よく包み込んだ。

まだ身を重ねず、孝二郎が股間を押しつけて感触を味わうと、やがて千影がそろそろと両脚を浮かせてきた。

「後ろへ、お入れくださいませ……」

千影が言い、孝二郎も激しい好奇心を覚えた。

なるほど、様々な体験の一つには、肛門に入れると言うことも含まれるのだろう。今後とも戯作では多くの体験を描かねばならぬし、古来より陰間はそちらへ挿入しているのだから、また違った趣向になるかもしれない。

孝二郎は、たっぷりと蜜汁にまみれた一物を、ゆっくりと引き抜いていった。

千影はさらに腰を浮かせ、尻を突き出してきた。薄桃色の可憐《かれん》な肛門は、上の割れ目から滴る淫水に潤い、挿入を待つように妖しく収縮していた。

彼は先端を蕾《つぼみ》に押し当て、力を込めて押しつけていった。

僅かな抵抗があったが、すぐに蕾は丸く広がり、ぬるりと張りつめた亀頭を受け入れた。最も太い雁首が入ってしまうと、あとは滑らかに吸い込まれていくようだ。

「ああ……、もっと深く……」

千影が顔をのけぞらせて言い、蕾をもぐもぐさせながら深々と呑み込んでいった。

やはり膣内とは温もりも感触も違っていた。思っていた以上に内壁は滑らかで、根元まで押し込むと、彼の下腹部に尻の丸みが心地よく密着して弾んだ。

「さあ、乱暴に突いて構いません……」

千影が言い、自ら乳房を揉み、さらに指をオサネに這わせた。どうせ孝二郎に教授するものなら、自分も快感を得ようという姿勢が見え、それが彼を激しく興奮させた。

孝二郎は腰を引き、また押し込み、引っ張られるような感触を得ながら小刻みに律動しはじめた。

やはり淫法修行をしてきた千影は、通常の狭い肛門とは違うのかもしれない。収縮も広がりも自在で、しかも潤滑液すら溢れるようだった。

そして千影は、乳首やオサネによる自慰に高まり、さらに肛門への刺激に気を遣ったようだ。

「アアッ……！　気持ちいい……」

声を洩らすと同時に、肛門内部も膣内のような妖しい蠢きを開始し、孝二郎も続いて新鮮な快感の中で昇り詰めてしまった。

「く……！」

突き上がる絶頂の快感に呻き、孝二郎は勢いよく精汁を放った。

膣とは違う感触以上に、通常ではない場所に入れているという興奮が快感に拍車をかけ、まるで柔らかな尻に下半身全体が包み込まれたようだった。

内部に満ちる精汁のぬめりにより、動きはさらにぬらぬらと滑らかになった。

孝二郎は最後の一滴まで絞り尽くし、すっかり満足して動きを止めた。

身を重ねる彼を千影が受け止め、充分に余韻を味わわせてから、ゆっくりと身を起こしながら股間を引き離していった。

孝二郎は仰向けになり、力を抜いて身を投げ出した。すると千影は屈み込んで一物を含み、舌と唾液で丁寧に清めてくれた。

特に汚れの付着もないが、千影は全ての温もりを吸い取り、鈴口に舌先を押し込むように舐めまわした。

「どうか、ゆばりを……」

千影が言う。どうやら中まで洗い流せと言うのだろう。

このような美女の口に良いのだろうかと思ったが、なおも吸われ、孝二郎は思わず少量の放尿をした。何やら、幼い頃おねしょをしたような罪悪感が湧いた。

千影は構わず吸い付き、そのまま喉に流し込んでくれた。その刺激に、彼はまたすぐにも勃起しはじめてしまった……。

二

「では次、はじめ！」

冴の声が、凛と道場内に響き渡る。

防具を着けて対峙した二人の門弟が気合いを発し、慎重に間合いを詰めていった。

池野道場では門弟たちによる練習試合が行なわれて、孝二郎も招かれ、審判として参加していた。

最初は審判など務まるだろうかと思っていたが、実際に立ち会ってみると、傍《はた》からの動きがよく見えた。これも冴による仕込みに加え、千影や千夜など素破の気をもらっているからかもしれない。

女子ばかりの門弟たちは、やはり男が一人混じっているせいか、冴の思惑通り気を引き締め、真剣な太刀さばきを繰り出していた。

孝二郎は、素早い技を見逃すまいと目を凝らしていたが、やはり道場内に籠もる女たちの甘ったるい匂いに、どう仕様もなく股間がむずむずしてきてしまった。

と、一人が攻撃を仕掛けようとする寸前、相手の竹刀が右小手を打った。

「小手あり！」

孝二郎が言うと同時に、冴も見極めていたか同時にサッと右手を挙げた。

「それまで」

冴が言うと、二人は蹲踞《そんきょ》をし、礼をして下がっていった。

そして順々に対戦が行なわれ、最後の決勝となった。その二人は先日、孝二郎の実戦を再現するために呼ばれた二人であった。やはり道場内では実力者で、それで冴もあのとき二人を選んだのだろう。

二人は青眼のまま間合いを詰め、暫《しば》し動かずに緊張が流れた。

やがて一人が面打ち、それをかわして鍔《つば》迫り合い。やがて体当たりして引き胴を打ったが、冴は手を挙げない。浅かったし、引き技は攻撃精神に悖《もと》るという考えで、滅多に一本と見なさないのだ。

再び対峙し、今度は相手が一瞬の隙を見て面を取った。

軽やかな音が響き、相手も負けを認めたように肩を落とした。

「面あり、それまで！」

孝二郎が手を挙げると同時に冴が言い、やがて双方は下がった。

全ての試合が終わり、一同は面を脱いで礼をした。優勝した娘は十七、孝二郎と同い年の御家人の娘で、名を緑《みどり》と言った。門弟は一様に美形だが、緑は群を抜いて顔立ちの整った美人で、八重歯が印象的だった。

冴が一同に総評をし、やがて解散となった。

緊張が解けると、みな好奇の目で孝二郎を見た。中には、彼に嫁ぎたいと思っている娘がいるかもしれない。

しかし孝二郎は多くの視線に身を硬くするばかりで、もちろん娘たちもみな着替えに道場を出て行った。

「まだ、よろしいですか」

冴が孝二郎に言う。まだ道場に緑が残っているので、情交の誘いではないのだろう。

「はい。今日は時間があります」

「ならば離れへ」

冴は言い、緑と孝二郎を促した。どうやら女二人は、何か示し合わせがついているのだろう。

やがて他の門弟はみな帰り、三人は稽古着姿のまま冴の部屋に入った。

「実は、この子は今日で道場を辞めます」

冴が言い、孝二郎は緑を見た。

「そうなのですか」

「試合の通り、群を抜いた実力者で惜《お》しいのですが、近日に嫁ぐのです」

「それは、おめでとうございます」

孝二郎が言うと、緑は緊張の面持ちで頭を下げた。

「ついては、お願いがございます。さあ、あとは自分で申し上げなさい」

冴に言われ、緑は意を決したように居住まいを正し、唇を舐めてから口を開いた。

「嫁ぐ前に、殿方の身体を見ておきたいと存じます」

緑は、道場での威風堂々たる様子とは打って変わり、声を震わせて言った。

激しい緊張と羞恥に顔は青ざめ、血の気を失った唇がわなないていた。確かに突拍子もない申し出に、孝二郎も目を丸くした。

「はあ……」

「初回はたいそう痛いと聞きます。どのようなものが入るのか、事前に知っておけば見苦しいことにもならないと存じますので」

「なるほど……」

武家とは厄介《やっかい》なもので、情交への好奇心を正直に言えないのだろう。もちろん初夜への不安もあるだろうし、知っておけば少々のことがあろうと嫌悪に心を閉ざすこともないだろう。

それにしても、昨今の娘は大胆な思いつきをするものだった。

話に聞けば、緑は親の取り決めで旗本に嫁ぐことになり、まだ相手の顔も知らないのだという。それならば、先日来よりほのかな思いを抱いた孝二郎の身体で、男を知りたいと思ったのだろう。と言うより、今まで他の男と接する機会もなかったのだ。

それを冴に相談し、冴も立ち会うという興奮を覚え、二人でいつしか今日の打ち合わせが出来ていたようだった。

「わかりました。では、情交まではせずに、どのようなものか見るだけなのですね？」

「はい。やはり情交は旦那様になる方とのみ行ないたいと思い、今日は出来れば冴様との交わりを見せていただきたいのです」

緑が緊張に頰を強ばらせ、心細げに言った。

「いいでしょう。冴様さえよろしければ」

孝二郎が答えると、冴はほんのり頰を紅潮させて頷いた。冴も、無垢な同性に見られるという興奮を密かに覚え、相当に淫気を高めているようだった。

「では、お脱ぎくださいませ」

冴が言い、座敷の中央に床を敷き延べた。

孝二郎は脇差を置いて立ち上がり、袴と着物を脱ぎはじめた。今日は審判で来ていたので、稽古着姿にはなっていなかった。

すると冴に促され、女二人も汗ばんだ稽古着と袴を脱ぎはじめた。情交までしなくても、同じ条件になろうというのだろう。どちらにしろ汗に濡れた稽古着なので、着替えなければならないのだ。

やがて孝二郎は襦袢と下帯まで脱ぎ去り、すっかり馴染んだ、冴の匂いの染みついた布団に横たわった。

緑も一糸まとわぬ姿になり、まだ孝二郎を見る勇気もなく、ただ顔をそむけて自分の肌を隠していた。白い肌はうっすらと汗ばみ、女二人の匂いが甘ったるく立ち籠めはじめた。

「さあ、もっと近くへ」

冴に言われ、ようやく緑は、胸を隠したままにじり寄ってきた。

孝二郎も、無垢な視線と心細げな緑の仕草、むちむちと健康的に熟れかけた肌を見てすっかり勃起していた。

しかも冴も全裸で、美女が二人揃っているのである。

前に、千影と千夜が二人がかりでしたことがあったが、あの二人は淫法を知っている素破であり、何も知らない緑とはやはり違うのだ。

「しっかりと見て。これが男のものなのですよ」

冴が促すと、ようやく緑も意を決して熱い視線を向けてきた。

「まあ……！　なんて……」

緑は目を見開き、思わず絶句した。大きくて変な形、とでも言いたかったのだろう。

「淫気を催すと、このように一物は硬く大きく変化します。これが入るときは、陰戸も濡れて滑らかにしなければなりません」

冴は興奮を抑えて静かに説明し、さらに緑の手を取って一物に寄せた。

「触れてご覧なさい。別に怖くありませんから」

「え、ええ……」

緑も、本来は剣術自慢の気丈な娘なのだ。もうためらうこともなく、手を伸ばしてきた。冴も手を引っ込め、あとは本人に任せて見守った。

緑は柔らかく汗ばんだ手のひらで、そっと彼の下腹に触れ、感触を確かめるように撫でてから、そっと指先を幹に当ててきた。

無垢な感触に、思わずぴくりと幹が震えると、緑は驚いて手を離したが、すぐにまた張りつめた亀頭に触れてきた。次第にためらいよりも、好奇心の方が前面に出てきたのだろう。

「先っぽから液が……」

「それは精汁ではありません。心地よいときに出る、女の淫水に似たようなものです」

冴が言い、緑はそっと鈴口に指の腹を当て、ぬらりと撫でてみた。

そして感触や温もり、硬度などを確かめてから、ふぐりにも指を這わせてきた。二つの睾丸をそっと転がし、袋をそっと手のひらに包み込み、持ち上げて肛門の方まで覗いてきた。やはり女同士でそうした話題が出ることもあり、通常の知識は持っているようだった。

「本当に、こんなに太く大きなものが入るのでしょうか……」

ようやく手を引っ込め、緑が不安げに言った。

「もちろん入ります。確かに初回は痛いけれど、数を重ねるうち、ことのほか心地よくなります」

冴が答えた。張りのある乳房が息づき、相当に興奮を高めているようだ。

「それから、情交の順序というのは、どのように行なわれるものでしょう……」

緑が、なおも一物に視線を釘付けにしながら言った。

「人によりますが、通常は交接の前に口吸いをしてお乳や陰戸をいじり、時には舌で舐め合うこともあります」

「舌でとは、陰戸や一物をですか……」

緑が驚いたように言い、話も佳境に入ってきた。

三

「女同士、枕絵を見て話し合ったこともありますでしょう。そうした行為が描かれていることと思います」

冴が言うと、緑も小さく頷いた。

「でも、あれは絵の中だけのことか、一部の町人だけの行為では……」

「心地よいことは、武家でも同じことです」

「ならば、冴様と孝二郎様も、そのような行為をなさったことが……」

「もちろんございます」

冴が答えると、緑は驚き、思わず一物と冴の股間に目をやった。そして冴に向き直って、もじもじと言った。

「あ、あの……、冴様、お願いが……」

「なんでしょう」

「陰戸も、見てみたいのです。入れるところがどのようになっているのか……」

「ええ……。確かに、自分のものを鏡で見るだけでは分かりにくいでしょうね」

冴も、激しい羞恥《しゅうち》を覚えたように答えた。

そこで孝二郎は身を起こし、

「では、今度は冴さんが横になってください。私が説明しましょう」

言いながら冴を仰向けにさせた。

見られる側になると、冴も急に言葉少なになって身を強ばらせた。

「さあ、では緑さんもこちらへ」

孝二郎は緑を呼び寄せ、冴の両膝を僅かに立て、大股開きにさせた。

「く……」

気丈な冴も、さすがに二人に見られるとなると息を詰め、目を閉じて小さく呻いた。

孝二郎が見ると、冴の割れ目からはみ出す花弁は、溢れる蜜汁に潤《うるお》っていた。

「では失礼。開きますよ」

孝二郎は緑とともに、冴の股間に顔を寄せながら言い、指を当ててそっと陰唇を左右に広げた。

息づく膣口の周りでは、細かな襞が大量の粘液に彩られていた。光沢あるオサネも包皮を押し上げるように突き立ち、柔肉全体が艶かしく蠢いていた。

「さあ、これが陰戸の内部です。この穴に一物を受け入れますが、これだけ濡れていれば滑らかに入ることでしょう」

孝二郎が言うと、冴が羞恥に下腹を波打たせた。

「緑さんは、濡れることがおありですか」

「い、いえ……、よく存じません……」

緑が顔を寄せたまま、小さく答えた。生温かな息が甘酸っぱく上品に匂い、それに冴の股間の熱気が入り混じった。さらに孝二郎は、冴のオサネを指した。

「これがオサネですが、いじって気を遣ったことは？」

「ございません……。でも、何かの拍子に、とても感じることぐらいは……」

厠《かわや》で紙を使ったり、眠れぬとき床の中で触れる程度の体験はあるようだ。

「ここを舐めると、女はとても心地よくなります。本来なら、挿入前に舐めて淫気を高め、充分に濡らしてからなら恐れも薄らぐのですが」

孝二郎は説明しながら、親の決めた旗本ではまず舐めないかもしれない、と思った。

僅かに口吸いをし、乳首と陰戸を少しいじっただけで挿入し、黙々と動いて果てる、それだけのつまらぬ男が武家の主流なのである。まして女の股座に顔を突っ込むなど、一体どれほどの武家が行なっているだろう。

まあ、そうした風潮を嘆いている暇《ひま》はない。これから孝二郎が戯作で、武家にも向けて多くの話を書いて影響を与えれば良いのだ。

緑は、滅多に見られない陰戸だからと、ゆばりの出る穴や肛門の方まで観察し、すっかり熱い息を弾ませていた。

「も、もうよろしいでしょう。そろそろご勘弁を……」

冴が、最も敏感な部分に二人の熱い視線と息を感じ、降参するように言った。すでに陰唇は熱を持って色づき、溢れた蜜汁が肛門の方にまで流れはじめているのだ。

言われて緑が顔を上げると、冴も股を閉じ、身を起こしてしまった。

すると冴は、今度は緑を床に仰向けに横たえたのである。

「あ……、何を……」

「私が見られたのですから、今度は緑さんの番です。旦那様も、見るのが好きな方かもしれませんので、少しは慣れておきませんと」

冴は言って、自分がされたように緑の両脚を大きく開いてしまった。

「アア……、どうか、堪忍してください……」

「大丈夫。みな順番なのですからね」

冴は言い、これまた滅多に見られない同性の股間に熱い視線を注いで顔を寄せた。

もちろん孝二郎も鼻先を迫らせ、無垢な陰戸を見つめた。肉づきが良く、丸みを帯びた割れ目から、ほんの少しだけ花弁が覗いていた。冴がそっと指を当てて陰唇を広げると、内部はそれほど濡れた感じはなく、僅かな湿り気程度だった。

「あう……」

「じっとしていて……」

触れられて呻く緑を宥《なだ》めるように冴が囁き、生娘の膣口と光沢あるオサネをしげしげと観察した。

孝二郎も、緑の股間に籠もる熱気を嗅ぎ、激しく興奮を高めた。緑の匂いは赤ん坊のように可愛らしく、甘ったるい体臭は汗と言うより乳の匂いに似ていた。

「ほら、このように感じる部分なのですよ。オサネは」

冴は、そっと指を当ててくりくりとオサネを圧迫した。

「アアッ……！　ど、どうか、お止めくださいませ。お手が汚れますので……」

「大丈夫、綺麗な色ですよ。どんどん濡れてくるのが自分で分かるでしょう」

冴は、教え込むことより、緑の羞恥反応を楽しむように囁きながらオサネを愛撫し続けた。

確かに、僅かな愛撫で緑の割れ目内部は急激な変化を見せた。張りのある陰唇と桃色の柔肉が濃く色づき、潤いが格段に増してきたではないか。

「さあ、指よりも、舐められた方がもっと気持ち良いですからね」

「あ、ああ……、どうか、お止めを……、アアッ！」

いきなり、冴にオサネをちろりと舐められ、緑が声を上げて身を震わせた。ためらいなく舐めた冴に、孝二郎も驚いていた。

すると、冴はすぐ舌を引っ込め、孝二郎に囁きかけた。

「私も、このような味と匂いですか？」

言われて、孝二郎が代わって緑の股間に顔を埋めた。楚々《そそ》とした若草に鼻を埋め込むと、乳に似た甘ったるい匂いが馥郁と鼻腔に満ち、柔肉を舐めると淡い酸味より、うっすらとしょっぱい味がした。

「ええ、味と匂いは大体同じです」

蜜汁よりも、まだ汗や残尿の成分の方が多いのだろう。

孝二郎が言うと、冴は小さく頷き、あとを任せるように緑の胸の方へと移動していった。場所が空いたので、孝二郎は心おきなく緑の股間に顔を埋め、可愛らしい匂いと清らかな蜜汁を味わった。

「ああ……、な、何だか、身体が変に……」

オサネを舐められ、緑が声を上ずらせた。

「もっと力を抜いて……。大丈夫、一度ぐらい気を遣る経験をしておいた方が良いのですよ……」

添い寝した冴が、緑の乳房を優しく揉みながら囁いた。

そして孝二郎がオサネを舐めながら見ていると、とうとう冴は緑の乳首に吸い付き、舌で転がしはじめたではないか。男装の冴は、可憐な同性に対しても欲望を抱いているのかもしれない。

孝二郎は、どんどん溢れてくる幼い蜜をすすり、さらに両脚を浮かせ、可愛い尻の谷間にも鼻を埋め込んでいった。薄桃色の蕾は細かな襞が揃い、ほのかな匂いを籠もらせていた。舌でくすぐるように舐め、充分に濡らしてから舌を潜り込ませると、

「あう……！」

オサネを舐められるとは違う感覚に緑が呻いた。

孝二郎は、ぬるっとした滑らかな粘膜を味わい、充分に堪能してから再び割れ目に舌を戻し、小粒のオサネに吸い付いていった。

「か、身体が宙に……、もう堪忍して……、アアーッ……！」

口走るなり、たちまち緑はがくんがくんと狂おしい痙攣を起こし、やがて硬直が解けてぐったりとなってしまった。それからは、いくらオサネを舐めても反応しなくなったので、どうやら本当に気を遣ってしまったようだった。

「気持ち良かったでしょう……。それが、気を遣ることなのですよ……」

冴が、乳首を弄びながら囁き、緑は自分の身に何が起きたかも理解できないように、ただ荒い呼吸を繰り返すばかりだった。

その隙に孝二郎は、緑の健康的な脚を舐め下り、指の股の匂いも嗅ぎ、順々に舌を割り込ませた。やはり愛撫として相手を感じさせる以上に、彼は美女の味と匂いを確認してお

きたかったのだ。

「何だか、溶けてしまうようでした……」

徐々に自分を取り戻し、緑が息を震わせて言った。

「そうでしょう。でも、情交して気を遣るときは、もっと気持ち良いのですよ」

冴は言い、孝二郎も真ん中の緑を挟むように、そっと添い寝していった。

そして薄桃色の乳首を含んで舐め、淡い腋毛の煙る腋の下にも顔を埋め、無垢な体臭を心ゆくまで嗅いだのだった。

四

「冴様、どうか、お口を……」

一度気を遣ってしまうと、もう緑も全てのためらいが無くなったように、冴の唇を求めていった。緑も、あるいは最初から孝二郎などより、颯爽とした男装の冴の方に好意を抱いていたのだろう。

冴も躊躇《ちゆうちよ》せず、緑に唇を重ねていった。

「ンンッ……！」

舌を入れられたのだろう。緑は驚いて呻きながらも、すぐに自分も舌をからませはじめたようだった。

女同士の口吸いは、見ているだけでも孝二郎の興奮をそそった。熱くかぐわしい息が混じり合い、柔らかく弾力ある唇が密着しているのだ。たまにちらりと赤い舌が見え隠れし、混じり合った唾液は何とも美味しそうだった。

堪らずに、孝二郎も顔を割り込ませ、唇を押し当てていった。冴の吐息がいつになく刺激的で濃く、孝二郎は激しく胸を高鳴らせた。それに緑の甘酸っぱい清らかな匂いが入り混じり、馥郁と鼻腔を満たしてきた。

舌を差し入れると、二人はすぐ仲間に入れてくれた。それぞれに滑らかな舌を舐め回し、混じり合った生温かな唾液をすすった。

そして三人で充分に口吸いを堪能すると、冴が顔を上げた。

「さあ、ではもう一度孝二郎さんが仰向けに」

言いながら緑を引き起こしたので、孝二郎は再び真ん中に仰向けになった。

「では精汁のほとばしる様子を見ましょうね」

冴が言い、緑とともに彼の股間に顔を寄せていった。

「情交しなくても、精汁が出るのですか……」

もう緑も、ためらいなく一物を見つめながら言った。

「刺激をすれば出ます。相手のいない男は、自分の指でしごくのです。しかし今は女が二人もいるのだから、私たちがして差し上げましょうね」

冴が言って一物を握り、亀頭にしゃぶりついた。

「ああっ……、指ではなく、お口で……？」

「ええ、指ならば自分と同じ感覚です。それでは可哀想なので、二人で舐めましょう。決して歯を当てぬように」

冴は言って緑の顔も引き寄せ、一緒に舌を伸ばして亀頭を愛撫した。

「アア……、気持ちいい……」

孝二郎は、うっとりと力を抜いて喘いだ。混じり合った息が熱く股間に籠もり、二人の唾液が温かく亀頭を濡らすのだ。やがて冴にすすめられ、緑が亀頭を含むと、その間に冴はふぐりをしゃぶり、さらに脚を浮かせて肛門まで舐めてくれた。

緑も最初はぎこちなかったが、次第に激しく舌を動かし、強く吸い付いてくれるようになってきた。

孝二郎は高まり、いよいよ危うくなってきた。

「冴様、こちらへ……」

孝二郎は言い、冴の下半身を引き寄せた。すると冴は、一物に舌を這わせながら身を反転させ、女上位の二つ巴の体勢になり、ためらいなく仰向けの彼の顔に跨ってきた。

「まあ……、殿方のお顔を跨ぐなど……」

それを見た緑が、目を丸くして言った。

「今は良いのですよ、孝二郎さんに望まれたのだから。でも、旦那様には激しく求められぬかぎり、決してしてはなりませんよ」

冴は言い、孝二郎の顔に割れ目を押しつけながら、再び一物をしゃぶった。緑も、やがて気を取り直したように、一緒になって舌を這わせた。

孝二郎は下から冴の腰を抱き寄せ、すっかり大洪水になっている蜜汁をすすりながら割れ目を舐めた。潜り込んで茂みに鼻を埋め、馥郁たる体臭を嗅いでオサネを舐め、伸び上がっては尻の谷間の匂いを嗅ぎ、肛門にも念入りに舌を這わせた。

「ク……、ンンッ……！」

前も後ろも執拗に舐められ、冴は緑と一緒に亀頭をしゃぶり続けた。

「あうう……、いく……」

とうとう限界に達し、孝二郎は冴の割れ目から口を離して喘いだ。

すると彼女たちも交互に行なっていた吸引を止め、同時に唇を亀頭に当てて上下に摩擦しはじめた。含むと、噴出の様子が見えないからだろう。溢れて混じった唾液が動きに合わせて、くちゅっくちゅっと淫らな音を立てた。

その刺激に、たちまち孝二郎は昇り詰めてしまった。

「あぁッ……！」

声を洩らし、快感に貫かれながら大量の精汁を勢いよくほとばしらせた。

「あん……！」

顔を直撃され、驚いた緑が声を上げた。

「大丈夫。出ている最中は止めないように。飲んでも大事ありません」

冴が指示をし、二人はなおも、噴出が止むまで亀頭に舌を這わせ続けてくれた。

孝二郎は心おきなく最後の一滴まで出し尽くし、美女たちの顔を濡らす快感に酔いしれた。もちろん二人の口にも飛び込み、冴が平気で飲み込むと、やがて緑も同じようにしてくれた。

彼は力を抜き、顔を跨いだ冴の陰戸を見上げながら、うっとりと余韻に浸った。

二人は鈴口を交互に舐め回し、孝二郎の下腹や互いの顔に飛び散った精汁まで、丁寧に舐め合った。

孝二郎は射精直後の脱力感の中、執拗に舌に刺激され、過敏にひくひくと反応した。

「これが精汁の味と匂いですよ」

「何やら生臭くて、心地よいものではありません……」

冴に言われ、緑は正直に答えた。

「これも、次第に愛しく思えるようになるのです。旦那様になる人が、必ず飲ませるとは限りませんが、覚えておくのも良いでしょう」

二人は精汁の残り香を味わいながら、ひそひそと話し合った。

そして、ようやく互いの顔と彼の股間を清めると、二人も大仕事を終えたように孝二郎の左右に添い寝してきた。

しかし、これで済んだわけではない。もう一度勃起し、今度は彼と冴の情交を、緑に見せる役目が残っているのだ。

「本当……、射精したあとは萎《な》えてくるのですね……」

緑が、そっと一物に指を這わせて確認しながら言った。

「どうすれば、また立つのですか」

「それは、殿方の好むことを色々するのです。でも、しばらくは一物への刺激は無用でしょう。済んだあとは、苦痛に感じることもあるのです」

女二人が囁き合った。孝二郎の意向など無視しているところが、何やら快楽の道具にされているようで、孝二郎は興奮が甦ってきた。

そして冴は、孝二郎の好むことをしはじめた。まずは乳首を舐め、そっと歯を立ててきたのだ。すると反対側を、緑が同じようにした。

「噛んで良いのですか……」

「ええ、うんと強くしないように。痛いと感じる一歩手前ぐらいの加減で」

ここでも、孝二郎を無視して女たちが話し合った。

「ああッ……！」

左右の乳首を舐められ、たまにきゅっと噛まれながら、孝二郎は喘いだ。噛むときは二人ともまちまちで、左右非対称の刺激があるため身構えることも出来ず、否応なくびくりと反応してしまった。

何やら本当に、二匹の美しい牝獣に食べられている感覚で、彼自身はすぐにもむくむくと勃起していった。

やがて二人は彼の首筋を舐め、同時に耳たぶを噛み、耳の穴にも舌を入れてくちゅくちゅと蠢かせてきた。そして冴が唇を重ねると、緑も同じように割り込み、甘酸っぱい息を弾ませた。孝二郎は、混じり合った吐息の匂いに包まれながら、二人の舌を交互に吸った。

「唾を、もっと……」

「飲むのですか。汚くありませんか……」

緑が心配そうに言ったが、冴が遠慮なくとろとろと吐き出すのを見て、自分も垂らしはじめてくれた。孝二郎は、混じり合った美酒で喉を潤し、口の中を這い回る小泡の舌触りに酔いしれた。

「まあ、いつの間にかこんなに……」

と、勃起した一物に触れ、緑が驚いたように言った。

「これなら入りますでしょう。どうか冴様、見せてくださいませ」

緑が言うと、冴も孝二郎の身体を引き起こしてきた。

「分かりました。では孝二郎さん、本手(正常位)にて」

冴が言い、彼も身を起こした。やはり初めて見る分には、ごく普通の本手が良いのだろう。

冴が仰向けになると、孝二郎は身を起こしたまま股間を進ませ、すっかり回復した一物の先端を、濡れた陰戸に押し当てていった。そんな様子を緑が脇から、顔を寄せて興味深げに見つめていた。

ぐいっと腰を沈めると、張りつめた亀頭が膣口にぬるりと潜り込み、あとは滑らかに吸い込まれていった。

「本当に、入っていく……」

緑が息を呑んで言い、深々と潜り込むのを見届けてから、今度は冴の表情に目を向けた。孝二郎が身を重ねたため、もう交接部分は見えなくなったからだ。

「気持ち良いのですね……？」

「ええ、とても……。アア……、もっと突いて……」

冴が、待ちきれないように下から股間を突き上げてきた。孝二郎も、柔肌にのしかかりながら腰を突き動かし、何とも心地よい摩擦を味わった。

すると、それを見ていた緑が、意外なことを言い出したのである。

五

「冴様。申し訳ありません。私と代わってくださいませんか……」

いきなり、緑が言った。

「え……？　ここで生娘でなくなろうというのですか……」

冴も驚いて言いながら動きを止め、高まりつつあった孝二郎も気を静めた。緑と交接するからには、ここで果てるわけにいかないのだ。

「はい。どうにも、してみたくなりました」

「良いでしょう。では交代します」

冴は言い、孝二郎も一物を引き抜いた。快感の途中ではあったが、冴はまたいつでも孝二郎と会えるのである。

場所を空けると、緑が少し緊張しながら仰向けになってきた。

孝二郎は彼女の股間に屈み込み、潤いが充分かどうか確認した。すでに大量の蜜汁が溢れているが、もちろん孝二郎は顔を埋め込んで舌を這わせた。

「ああン……！」

緑が声を上げ、反射的にきゅっと彼の顔を内腿で締め付けてきた。孝二郎は、茂みに籠もる生ぬるい芳香を吸い込み、とろりとしたぬめりを舐め取ってから、すぐに顔を上げた。

そして冴の蜜汁に濡れたままの一物をあてがい、呼吸を計った。

触れただけで、緑は奥歯を噛みしめて身構えていた。

「もっと楽にして。あまり力を入れると、もっと痛いのですよ」

添い寝した冴が、優しく宥めた。

いかに剣術で痛い思いをしてきても、やはり緑は未知に対する恐怖が拭えないようだった。それでも体験したいというのだから、好奇心は旺盛のようだ。

「いいですか。入れますよ……」

冴のおかげで、少しだけ緑の緊張がゆるんだとき、孝二郎は言って挿入していった。

張りつめた亀頭が、狭い膣口を丸く押し広げながらぬるっと潜り込んだ。

同じ生娘でも、小夜は張り形で体験していたから最初から気を遣ることが出来たが、緑はごく普通の娘だ。

「あう……！」

眉をひそめて呻き、緑はまるで火傷《やけど》でもしたように顔をしかめた。

しかし亀頭が入ってしまうと、あとは楽にぬるぬるっと滑らかに入っていった。

「く……、あ、熱い……」

緑がか細く声を絞り出し、身を重ねた孝二郎に下からしがみついてきた。

彼は股間を押しつけたままぴったりと肌を重ね、緑の肩に腕を回して抱きすくめた。

「大丈夫よ。みなすることなのですから」

冴が、自分の初体験でも思い出しているのか、緑に肌を寄せながら囁いた。

孝二郎は、奥からどくんどくんと伝わってくる緑の若々しい躍動と、熱いほどの温もりを感じながら高まった。さすがに締まりが良く、それは張り形に慣れた千夜以上だから、孝二郎も最高の収縮を体験した。

そして様子を探るように、彼は小刻みに腰を突き動かしはじめた。

「アア……」

緑が顔をのけぞらせて喘ぎ、彼の背に爪を立てる勢いで力を入れてきた。

「もっと楽に……。いいわ、私の手を握って……」

冴が、まるで初産にでも立ち会うように緑の手を握りしめ、その間も孝二郎はゆるやかな律動を続けた。

そして急激に快感を高めながら、緑のぷっくりした唇を舐め、甘酸っぱい果実臭の吐息で鼻腔を刺激されながら、たまに隣にいる冴にも舌をからめ、微妙に違う唾液と吐息の味わいに興奮した。

膣内は狭いが、潤滑油は充分なので次第に動きは滑らかになり、孝二郎も快感の高まりとともに次第に動きを速めてしまった。

たちまち激しい絶頂の大波が盛り上がり、孝二郎は緑への気遣いも忘れて股間をぶつけるように動いた。そして大きな快感とともに、ありったけの熱い精汁を勢いよくほとばしらせた。

「く……！」

彼の快感とは裏腹に、緑は破瓜《はか》の苦痛を堪えて呻き、二人にしがみついていた。

あとはひたすら、嵐が過ぎ去るのを待つだけのようだった。

孝二郎は最後の一滴まで、心地よく出し尽くし、徐々に動きをゆるめていった。

そして満足し、力を抜いて体重をかけながら、孝二郎は二人の美女の吐息に包まれ、うっとりと快感の余韻を味わった。

「済みましたよ。これでもう大人です……」

冴が囁き、まるで自分までも初体験を終えたかのように太い息を吐いた。

しかし緑の方は、動きは止まったものの、まだ異物感と痛みから解放されず、じっと奥歯を噛みしめたまま全身を凍り付かせていた。

孝二郎は呼吸を整え、ゆっくりと身を起こして股間を引き離した。

「あう……」

ぬるっと引き抜けるときの刺激に、また緑が声を洩らした。

一物を抜いた孝二郎は、生娘でなくなったばかりの緑の陰戸を見た。陰唇は痛々しくめくれて血の気を失い、逆流する精汁に混じり、鮮血が糸を引いていた。やはり千夜では見られなかった破瓜の血が、緑には認められた。

二度目でも出血するのだろうかと、孝二郎は心配だったが、まあ初夜から旗本が陰戸の始末までするとは思えない。

冴が懐紙を出してくれ、孝二郎は手早く一物を拭ってから、緑の陰戸をそっと拭いてやった。

「アア……、どうか、もう……」

緑が涙声で言い、股を閉じて横向きになってしまった。剣術では優勝するほどの女丈夫でも、今まで体験したことのない痛みと、情交をしたという感慨に身体と心が閉ざしかけているようだった。

「大丈夫。もうこれ以上の痛みはありませんからね、今後はするほどに良くなってゆきます」

「本当に……、良くなるのでしょうか……」

緑が、息を弾ませながら不安げに言った。

「なりますよ。でなければ、多くの戯作も嘘と言うことになってしまいますからね。これからは、むしろ男よりも大きな快楽が得られるようになるでしょう」

孝二郎も答え、後始末を冴に任せた。

やがて緑も、ようやく身を起こせるほどに自分を取り戻して着物を着た。そして稽古着と袴を畳んで風呂敷に包み、冴の部屋を出て行った。自分から言い出したことだから初体験への後悔はないようで、孝二郎も冴も安心して緑を送り出した。

「これからは、婚儀の時に生娘という女は少なくなってゆくのかもしれませんね」

冴が、まだ全裸のまま言った。だから孝二郎も、まだ下帯を着ける機会を逸していたのである。あるいは二人きりとなり、もう一度することになるかもしれない。

「ええ、それよりも親が勝手に決めた婚儀というものも、次第になくしてゆかなければいけないでしょうね。一生のことなのですから」

孝二郎は答えた。好き同士が一緒になれるのであれば、婚儀の前に情交しても問題はないだろうし、やがてそれが一般的になっていくような気がした。

「ねえ、お願いがございます」

冴が言い、にじり寄ってきた。

「ええ、もう一度ですね？」

孝二郎も覚悟していたから、徐々に淫気を高める努力をしていた。

「それもあるけれど、してほしいことがあるのです」

「何でしょう」

「人を斬った刀を抜いて、それを私に突きつけながら交わってくださいませ……」

冴は、自分の言葉に酔いしれたように、ぼうっと色っぽい眼差しになった。すでに三人で行ないつつ淫気も充分に高まっているし、あとは緑にも見せられなかった性癖を前面に出してきたようだ。

「そ、それは危ないです」

「どうか、お願い致します……」

冴は孝二郎の大刀を渡してから、仰向けになっていった。どうやら本気らしく、強い冴の被虐《ひぎやく》の部分を垣間《かいま》見た思いだった。

孝二郎は乞われるまま抜き放ち、注意しながら冴に向けてみた。もちろん血糊も拭われ、僅かに曲がった刀身も手入れで元通りになっているが、この刀が二人を殺めたことは間違いない。

「ああ……、胸が震えます……、何と、良い気持ち……」

冴は新たな淫水を漏らしながら喘ぎ、刃に舌を這わせてきた。

「あ、危ないですよ。気をつけて……」

孝二郎も言いながら、冴のそんな様子に激しく回復していった。

そして刀を握ったまま、彼はさっき中途だった冴の陰戸に一物を挿入し、熱い蜜汁にまみれながら股間を密着させた。

冴も、舌を斬らぬよう注意しながら刀身を舐め、激しく興奮しながら股間を突き上げてきた。門弟たちの範となり、誰よりも颯爽とした冴の、これは秘められた性癖のようだった。あるいは緑の破瓜の血を見て、急激に燃え上がったのかもしれない。

孝二郎は冴の内部で最大限に膨張しながら、三度目の高まりを覚えた。そして刀を突きつけながら律動しはじめ、何とも心地よい温もりと摩擦に包まれた。

これも、充分に非日常の快楽である。

（今日は、随分と戯作の種が拾えたものだ……）

孝二郎は思いながら身悶える冴にのしかかり、腰の動きを速めていった。

第六章　熱き淫気果てる事無し

一

「大変に売れております。それに、新たな作品もどんどん目新しくなりますからね、版元も喜んでおりました」

藤乃屋の藤介が、満面の笑みで孝二郎に言った。そして律儀《りちぎ》に、版元からの金額の書き付けを提示しながら金を渡し、孝二郎はそのうち三割を藤介の方へ差し出した。

「こんなに、よろしいのですか」

「ええ、最初からの取り決めですし、藤介どののおかげで本が出せたのですからね」

恐縮する藤介に孝二郎は言い、この金で老父母や千夜に何か買ってやろうと思った。

「版元も、これを書いたのはどのような人かとしつこく訊いてきましたが、私は何も言いませんでした」

「それはお手数を」

「いいえ、誰だか分からない方が人気が出るのでしょう。謎の作者というのが受けたらしく、どうやら絵師の方でもそうした人を出そうとしているようです」

「ほう……」

「蔦屋重三郎《つたやじゅうざぶろう》さんが近々、写楽《しゃらく》という絵師の役者絵を出す予定らしいのですが、それも正体の分からない人らしいです」

「では、やはり武士ですかなあ。そうしたことが流行《はや》りはじめているのかも」

孝二郎は言いながら、もし旗本同士なら、そんな絵師と組むのも面白いと思った。

そして彼は、新たな原稿を藤介に渡した。

「今度は、どのような内容でしょう」

「嫁ぐ前に、男を知っておきたいと思う武家娘や、刀を突きつけられて気を遣る女丈夫の話です」

言いながら、孝二郎は緑や冴の肢体を思い出した。もちろん女ばかりの門弟を抱えた剣術道場、などと書けばすぐ場所が知れてしまうので、だいぶ脚色を加え、年齢や容貌などもまちまちにしてある。

「それも面白そうですね」

「私が本来描きたかった、豆男ものも順次書き進めておりますので、それもいずれ」

「はい。楽しみにしておりますので、よろしくお願い致します」

藤介が期待を込めて頭を下げ、やがて孝二郎は藤乃屋を辞した。

そして番町の家に帰ろうとしたら、またいきなり目の前に千影が出現した。いつものことながら、玄庵の手伝いもあるだろうに、どこで孝二郎の動静を窺っているものやら実に神出鬼没であった。

「これは、千影様」

「お時間はございましょうか。千夜が待っております」

「そ、それは会いたいです！」

孝二郎が勢い込んで言うと、

「前に行った茶屋にて」

千影は答え、すぐにも立ち去っていった。孝二郎は引き返し、前に千影と入った内藤新宿の出合い茶屋へ急いだ。中に入ると、すぐに女中が案内してくれ、彼は前とは違う奥の座敷に通された。

「千夜……！」

「孝二郎様……」

呼びかけると、すぐに千夜が出てきて彼の胸に縋《すが》り付いた。もちろん厚化粧などはしておらず、輝くような美貌に涙を滲ませていた。

「会いたかったぞ」

「私も……」

孝二郎は彼女を抱きすくめ、すぐにも床の敷き延べられた奥の間に入り、一緒に腰を下ろした。そしてもどかしげに大小を置き、袴を脱ぎはじめた。

千夜は、いかにも腰元と言った矢絣《やがすり》の着物にきっちりと髪を結っていた。

もう彼女に宝来屋の奉公人の面影はなく、武家屋敷に暮らしている雰囲気を身に付けていた。歩いてきたら千夜の美貌に町の人々が騒動を起こすから、おそらく上屋敷から駕籠で来たのだろう。

「破落戸の件など、いろいろ大変でございましたね」

「ああ、何とか事なきを得たさ。千夜はいなくても、お前の幻に守られていたようなものだ。それより、これからも小田浜藩の上屋敷に住むのか」

孝二郎が着物を脱ぎながら言うと、千夜も帯を解き、みるみる肌を露出させながら答えた。

「いいえ、近々姥山へ戻らなければなりません」

「え、なぜ……」

「どうやら、孕んだようでございます。孝二郎様のお子を」

千夜が、羞じらいと別れの悲哀の中で言った。

「ほ、本当か……」

孝二郎は目を丸くして言ったが、どうにも実感が伴わなかった。それに、今後とも彼は自分の子と相まみえることはないのである。

「本当でございます」

千夜は重々しく頷いた。どうやら翌月の月のものがあるか無いかで判断する前に、淫法の達人は尿を舐め、すぐにも妊娠を察知するようだった。

「そうなのか……。いったん姥山へ帰ったら、もう会えぬのか……」

「姥山には、お越しになれませんでしょう……」

「ああ、無理だ。家は捨てられぬし、僅かの間にしろ江戸からは出られないのだ」

孝二郎は言い、悲嘆に暮れた。それなのに、千夜の美貌を前に一物だけは雄々しく突き立っていた。

「たまのお許しさえ出れば、また江戸に来られないこともないのですが」

「おお、なるべく来てくれ。でなければ、私はお前恋しさに病になってしまうかも知れない」

「どうか、そのようなことは仰《おっしゃ》らないで……」

たちまち二人は全裸になり、千夜は仰向けになった。孝二郎は彼女の滑らかな腹に耳を押し当ててみた。

むろん、まだ胎児の蠢きなど分かろう筈もなく、聞こえるのは腸の微かな躍動だけだった。それでも、この中に確実に、孝二郎の子が息づきはじめているのだ。それは、あやかし以上に神秘なことに思えた。

とにかく、あまり負担をかけてはいけない。

孝二郎は顔を上げ、千夜の愛らしい臍《へそ》を舐め、肌をたどって薄桃色の乳首に吸い付いていった。千夜も、優しく彼に腕枕してくれ、甘ったるい体臭を揺らめかせた。

この乳首も、やがて赤子が吸うようになるのだろう。

見るもの感じるもの全てが、やがてこの世に出てくる赤子を連想させ、さらに千夜との別れが重く彼の胸にのしかかってきた。

孝二郎は左右の乳首を吸ってから仰向けになり、千夜を上にさせた。

彼女も素直に覆いかぶさり、上からぴったりと唇を重ねてきてくれた。柔らかな弾力が密着し、甘酸っぱい息が鼻腔を刺激した。舌をからめると、生温かな唾液がとろとろと注がれ、彼はうっとりと酔いしれながら喉を潤した。

千夜はなかなか口を離さず、少しでも奥まで舐めようと長い舌を潜り込ませてきた。孝二郎も手を伸ばして乳首をいじり、さらに内腿の方にも指を這わせていった。

すでに割れ目からは大量の蜜汁が溢れ出し、内腿の方までねっとりと濡らしはじめている。そのままオサネを探ると、

「ああン……！」

ようやく千夜が、口を離して声を洩らした。

孝二郎は仰向けのまま、彼女の身体を上へと引っ張り上げていった。彼女も察して、少しためらいながらも孝二郎の望むとおり、とうとう顔に跨ってきてくれた。

下から見上げる果肉は、何とも美味しそうに潤っていた。

孝二郎は腰を抱き寄せ、割れ目で鼻と口を塞いでもらった。

柔らかな茂みが半面に密着すると、甘ったるい汗の匂いとほのかな残尿臭の刺激が、馥郁と鼻腔を掻き回してきた。彼は何度も深呼吸し、千夜の匂いを胸に刻みつけるように嗅いだ。

そして舌を伸ばし、陰唇を探ると、溢れる蜜汁がぬらぬらと口に流れ込んできた。淡い酸味で喉を湿らせ、柔肉を味わってオサネに吸い付くと、

「アア……、いい気持ち……」

千夜が目を潤ませ、顔をのけぞらせて口走った。

互いに、淫気だけは旺盛なようだ。あるいは素破というのは、別れに際しても氷のように冷たく対処できるものなのだろうか。

(いや、そんなことはない。千夜の涙は本物だ……)

孝二郎は思い、とにかく今は行為に専念しようと思った。

彼は尻の下に潜り込み、顔に座り込んでもらった。柔らかく、ひんやりした双丘が顔中に密着し、谷間の蕾が鼻に押し当てられて秘めやかな匂いを漂わせた。

孝二郎は美少女の匂いを吸い込み、野菊のように細かな襞に舌を這い回らせた。もちろん内部にもぬるっと潜り込ませ、内壁を充分に味わうと、彼の鼻に密着した割れ目から新たな蜜汁が溢れてきた。

やがて彼女の前も後ろも存分に味わい、匂いが消え去るまで貪ると、千夜が股間を浮かせて移動していった。

熱い息が一物にかかり、たちまち孝二郎自身は美少女の熱く濡れた口腔に捉えられていった。千夜は根元に指を添え、先端を丁寧に舐め回し、滲む粘液をすすり、幹を舐め下りてふぐりにもしゃぶりついてきた。

「ああ……、千夜……」

孝二郎はうっとりと力を抜いて受け身になり、喘ぎながら一物を震わせた。

千夜は二つの睾丸まで存分に舌で転がし、脚を浮かせて肛門まで念入りに舐めてくれた。そして再びすっぽりと肉棒を喉の奥まで呑込み、断続的に吸い上げながら長い舌をからめてきた。

たちまち孝二郎は高まり、いよいよ危うくなってきた。

すると千夜が察したように口を離し、茶臼(女上位)で彼の股間に跨ってきた。

二

「ああーッ……! いいわ、孝二郎様……!」

ぬるぬるっと一気に根元まで受け入れ、完全に座り込みながら千夜が口走った。

孝二郎も深々と吸い込まれ、あまりの心地よさに暴発を堪えて感触を嚙みしめた。

股間同士が密着し、温もりが伝わってきた。内部は狭く、吸い付くような締め付けが一物を包み込んだ。

孝二郎は下から彼女を抱き寄せ、肌を重ねさせた。

千夜は、近々と顔を寄せ、彼の目の奥を見つめてきた。

「千夜……、淫法を見せてほしい……」

孝二郎は、陰戸の中で肉棒を震わせながら言った。

「いけません。今の私は、淫法を抑えることに慣れはじめていますので、解放したら命取りになりかねません……」

「ああ、構わない。存分に私を溶かして、お前の中に取り入れてほしい……」

孝二郎は答え、真上にある千夜の美しい顔を引き寄せた。

千夜も、制御しながら力を解放してくれるつもりになったように、愛らしい口を開いてきた。

あやかしの力を含んだ唾液を垂らして彼に飲ませ、さらに下の歯を彼の鼻の下に引っかけ、人中（鼻の下の溝）のツボを圧迫してきた。鼻がくわえられた形になったので、孝二郎は美少女の甘酸っぱい息を心ゆくまで吸い込むことができた。

興奮とともに千夜の唾液にも吐息にも、媚薬の成分が濃厚に含まれ、孝二郎は久々に白日夢を見はじめていた。

それは、上からのしかかっている千夜が、みるみる巨大化している眺めだった。

彼女が見せているのではない。千夜の分泌する媚薬効果で、孝二郎自身が希望している映像が見られているのだ。

千夜の巨大化とともに孝二郎自身は小さくなり、やがて彼は美少女のかぐわしい口から身体ごと含まれていった。白い歯並びの間から入り、大きな桃色の舌の上で弄ばれ、たちまち暗く温かな喉の奥へと呑み込まれていった。

「ああ……」

孝二郎は胃の腑に納まり、他の粘液や未消化の食べ物とともに、千夜の体内に吸収されていった。さらに余りが腸内へ送り込まれ、どこで道を間違えたか、いつしか彼は子袋の中で身体を丸めていた。

（そうか、千夜が孕んだのは私自身であったか……）

快感に朦朧としながら、温かな液体に浸っていたが、そこにもいつまでも居られず、さらに奥へと移動させられていった。徐々に彼の肉体が大きく育ちはじめ、押し出された形になったからだった。

そこは細かな襞のある狭く長い穴だ。どうやら膣内で、孝二郎の全身はさらに大きくなっていった。

そして明るい外に押し出されながら、いつしか一物だけが膣内にとどまり、彼は元の大きさになって仰向けになっていた。出産と同時に、孝二郎は宙に舞うような大きな快感に貫かれて、身を震わせながら射精していた。

「く……！」

「アァッ……、いく、孝二郎様……！」

呻くと、千夜もまた声を震わせて気を遣ったところだった。

白日夢から醒め、孝二郎は下から千夜にしがみつきながら股間を突き上げ、最後の一滴まで心おきなく精汁を放出し尽くしていた。

千夜もひくひくと肌を痙攣させながら昇り詰め、やがてぐったりとなっていった。

孝二郎は幻覚の中、茶臼で交接しながら千夜の口から呑み込まれ、体内の胃の腑や子袋を通過して元に戻った感じだった。

孝二郎が力を抜くと、千夜も彼に体重を預け、汗ばんだ肌を密着させながら荒い呼吸を繰り返していた。

まだ一物は断続的に締め上げられ、千夜も相当に大きな絶頂を迎えたようだった。

孝二郎は彼女の重みと温もりを受け止め、甘酸っぱい息を間近に嗅ぎながら、うっとりと快感の余韻に浸った。目眩《めくるめ》き快感ではあったが、やはり千夜が力を制御し、命取りにならぬ程度にしてくれていたのだろう。

「お前の体内を通り抜けた……。まるで体内くぐりで生まれ変わったようだ……」

「そうですか……。私も、溶けてしまうほどに良かったです……」

千夜が荒い息で囁き、残りの精汁を搾り取るように、きつく締め付けながら股間を引き離してきた。そして彼の隣に添い寝し、しばらくは起き上がる気力も湧かないように肌をくっつけてじっとしていた。

「今度は、いつ会えるのだろうか。姥山へは、いつ……」

「次の船で帰ります。おそらく二日三日のち」

千夜が寂しげに答えた。小田浜藩は名産品を運ぶ船を持っているので、東海道を下るよりその方が早いのだ。さらに小田浜から姥山まで、千夜は大事を取って駕籠を乗り継いで帰るのだろう。

「では、もう会えないのか。帰る仕度もあるだろうし……」

「はい。おそらくは、今日で最後かと……」

「港まで、見送りに行きたいのだが」

「いいえ、かえって辛《つら》いので、どうかそれは……」

「そうか、わかった……」

孝二郎が頷くと、千夜はゆっくりと身を起こした。そして桜紙で一物を拭い、自分の陰戸も手早く清めてから身繕いをはじめた。今日は、もう上屋敷へ帰らねばならぬ刻限なのだろう。

未練は大きいが、愚図っていても埒《らち》はあかない。仕方なく孝二郎も起き上がって下帯を着け、着物を羽織りはじめた。

「どうか、身体に気をつけてな」

「はい。孝二郎様も」

言葉を交わし、孝二郎は促されて先に茶屋を出た。すると、もう店の脇に駕籠が待っていて、千夜を上屋敷へ運ぶ手筈が整えられていた。

孝二郎は小田浜の家紋のついた乗り物を見て、そのまま千夜が出てくるのを待たずに歩きはじめた。

早く家へ帰り、今日の快楽と、この悲しみを書き綴《つづ》らなければならないと思った。別に戯作の専門家になった矜持《きょうじ》ではなく、何か夢中で行なわないと、千夜恋しさに変になりそうだったからだ。

それにしても、男の淫気とは勝手なものである。千夜以外の、千影でも冴でも、せんでも緑でも、それらを前にするとこの世で一番愛しく思えるのに、やはり一人でも失うというのは激しく辛いことなのだった。

孝二郎は帰宅し、老父母に挨拶してから自室に籠もって戯作に専念した。

そして手すさびもせず、ひたすら千夜の匂いや温もりを思い出して綴り、初めて知る別れの切なさに胸を痛めた。

しかし、いつまでも部屋に閉じ籠もっていては良くないので、翌日にはちゃんと道場へ行って冴と稽古をし、その日は冴の都合で情交もできなかったので、孝二郎は玄庵の家を訪ねてしまった。

やはり、傷心を癒すのは情交しかないと思い、せんを求めたのである。

すると、中庭に玄庵の姿があった。

「おお、久しぶりだな」

玄庵が、彼を認めて声をかけてきた。

「これは、ご無沙汰しております。あるいは、いらっしゃるのではと思い、本を持ってきました」

孝二郎は当てが外れたが、新刊を持っていて良かったと思い、玄庵に差し出した。

「売れているようだな。では道中にでも読ませてもらおう」

「道中とは、お出かけですか」

そういえば、座敷の中ではせんが色々と仕度をしているではないか。

「ああ、殿が帰参するので一緒に小田浜へ帰るのだ」

「そうですか。寂しくなります。では船で？」

「いや、船に乗るのは千影だけだ。わしは殿の行列に従う。ああ、船は千夜も一緒だ。出港は明朝になる」

どうやら、誰も彼も小田浜へ帰ってしまうようだった。

「では、ご新造様も行列に？」

「せんは帰らんよ。あれは田舎の暮らしは好まない。麹町の親と暮らすようだから、ここは空き家になる。しばらくは若い藩士にでも留守番をさせるさ」

「そうなのですか……」

せんが江戸へ残るなら、また機会があるかも知れない。孝二郎は、玄庵に済まないと思いつつ、僅かに期待した。

「千夜との別れは済んだのか」

「はい……」

「おぬしが小田浜藩士であれば何かと理由をつけ、一緒に連れて行くのだがなあ。まあ千夜が旗本のおぬしを好きになったというのも、何かの縁だったのだなあ」

玄庵はしみじみと言い、やがて孝二郎は結城家を辞した。

そして彼は帰宅し、また戯作に没頭した。翌日、もちろん孝二郎は千夜との約束通り出港の見送りには行かなかった。

しばらくは、戯作と道場だけの日々になることだろう。

そんなある日、少し早めに池野道場へ行くと、何と緑が来ていた。眉を剃ってお歯黒を塗り、すっかり艶かしい新造の姿になっていた。

「これは、お久しぶりです」

「その節は……」

挨拶をすると、緑も優雅に辞儀をしてきた。一瞬で、孝二郎とのひとときを甦らせたように羞じらいを含んだ。どうやら彼女は、結婚後の報告でもしに道場を訪ねてきたようだった。

そこへ、道場から冴が出てきた。

「孝二郎さん、離れで緑さんのお相手をしていただけますか。私は半刻（一時間）ほど手が離せませんので」

「承知しました」

また新たな入門者があるようで、冴は忙しいようだった。孝二郎は緑と一緒に、前に情交した冴の部屋に入っていった。

三

「いかがですか。新たな生活は」

「はい。何とか無難に……」

孝二郎の問いに、緑は色々と答えてくれた。相手の旗本は二十二になる優しい男で、役職にも就いているようだった。親たちも緑には親切にしてくれ、何の申し分もないようである。

「それで、夜の方は？」

「それが、どうにも得心のゆかぬことがございます……」

「ほう、それはどのようなことですか」

孝二郎は興味を覚え、身を乗り出して訊いた。

「初夜は、実に控えめで物静かなものでした。それこそ、前にここでしたような行為は一切無く……」

言いながら激しい快感を思い出したか、あるいは夫のことを言うのはさすがに憚《はばか》られたか、緑は言葉を途切った。

「つまり、口吸いをして少しいじって、すぐ挿入し黙々と動いて終わる、と言うことですか」

「はい。そういうことです」

「では、つまらなかったでしょう」

「いえ、私もそのときは……」

なるほど、緊張と羞じらい。それに何より生娘のふりもあったから、楽しむ余裕などなく、早く済むに越したことはなかったのだろう。

「それで？」

「はい。それが翌日の夜も同じようだったのですが」

一応は夫も、毎晩するほどの淫気はあるようだった。

「急に、奇妙なことを求めて参りました。私の、着古した腰巻きや襦袢を着たいと」

「ほう、ほう、それで……！」

孝二郎は目を輝かせ、激しく勃起しはじめた。

「さらに、口に紅を塗りたがり、私を上に」

「なるほど。女になり、妻にのしかかられたいと」

「はい。そうすると激しく気を高めるようでした。聞けば、幼い頃より女の姿になりたい願望が強く、しかし陰間に挿入されたいというのではなく、あくまで求めるのは女のようですが」

緑が、不安げに言った。

「冴様に相談しようかと思ったのですが、男として孝二郎様はどう思われますか」

「それは、みな様々な癖《へき》を持っているものです。善《よ》し悪《あ》しの問題ではなく、双方が納得して秘め事として行なうのならば、何の問題もないでしょう」

孝二郎は言った。

つまらぬ男かと思っていたが、案外面白そうで、これも戯作の種になりそうだった。万一、その男が孝二郎の戯作を読んだとしても、緑が言いふらしたとは思わず、他にも似たような性癖があるものだと安心することだろう。

「それで、そのような要求に応じるのは嫌ではないのですね」

「はい。もっとも嫌とか申せる立場ではないのですが」

「ならば、緑さんも楽しんでしまわれた方がよろしいかと」

孝二郎は言い、さらに緑から夫の詳しい話を聞いた。

夫は謹厳実直《きんげんじっちょく》、武芸の方もそこそこで役職の評判も良いようだった。しかし武家というのは幼い頃から、様々な制約の中での暮らしを強いられ、本来生きたいようには生きられないのだ。それは孝二郎も同じで、常に気を張り、やせ我慢をしてこなければならなかった。

そんな、男らしくあれと言われ続ける暮らしの中、時には女に変身したいという願望が生じても不思議はないだろう。孝二郎には、そうした性癖はないが、気持ちは分からないでもない。受け身を好むという点では、孝二郎も同じなのだ。

それに孝二郎も戯作を書き、ほんのひととき、普段の自分とは違う人生を体験しているようなものなのだ。

それが彼の場合、妻との秘め事の時だけほんの僅かに女のふりをするぐらいなのだから、全く問題はない。それを緑に求めたのだから、きっと応じてもらえるという自信もあり、結局のところ相性は悪くないのだろう。他の部分が申し分ない夫ならば、それは緑も協力すべきである。

まして孝二郎は、緑の初物を頂いてしまったのだから、会ったこともない男ではあるが、せめて微力ながら手助けしてやりたかった。それに今日も、これから淫気をぶつけてしまうつもりなのである。

「他には、何か変わったことは？」

「はい。乳を吸ってくれと言われ、軽く歯が当たってしまったので謝りますと、もっと噛んでくれと」

「うん、分かる分かる。では、実地に加減を学んでゆきましょう」

孝二郎は、とうとう我慢できなくなり、袴と着物を脱ぎはじめてしまった。道場からは竹刀の音が聞こえているし、冴も一刻ばかりこちらへは来ないと言うのだから構わないだろう。

下帯まで解き、たちまち孝二郎は全裸になり、冴の布団を引っ張り出して仰向けになってしまった。緑も、そんな予想はしていたようで、頰を染めながらも傍らへにじり寄ってきた。

「大きさは、私のより大きかったですか」

「いえ、それほどつぶさに見たわけではないのですが、同じぐらいかと」

緑が、勃起した一物に熱い視線を投げかけて言った。そんな眼差し一つ見ても、すでに新造の落ち着きぶりが身につきはじめているようだった。

「では、緑さんもどうか着物を」

促すと、緑も覚悟を決めて帯を解きはじめた。無垢な頃は、情交は夫になる人のみ、と言っていたのが孝二郎と交わり、新造となった今も抵抗感よりは好奇心の方が大きいようだった。

たちまち腰巻きまで取り去り、緑ははだけた半襦袢を羽織った形で添い寝してきた。

孝二郎が抱き寄せ、唇を求めると、彼女も目を閉じて顔を寄せてきた。

ぷっくりした唇が僅かに開かれ、愛くるしい八重歯までがお歯黒に彩られ、黒い光沢を放っている。吐き出される息には、甘酸っぱい果実臭と金臭《かな》い成分が入り混じり、その刺激が激しく彼の一物に響いてきた。

唇を重ね、舌を差し入れると、

「ンン……」

緑が小さく声を洩らし、ねっとりと舌をからめてきた。

孝二郎は新造の唾液と吐息を心ゆくまで味わい、やがて彼女の顔を胸へと移動させていった。

すると緑は自分から舌を伸ばし、彼の乳首をちろちろと舐め、ちゅっと吸い付いてくれた。孝二郎は滑らかな舌の感触と、肌をくすぐる息を感じながら、ぞくぞくする快感に身悶えた。

緑が、そっと乳首を前歯で挟んできた。

「ああ……、もっと強く……」

喘ぎながら言うと、緑は控えめに力を込めてきた。

「大丈夫ですので、もっときつく……」

さらにせがむと、緑はきゅっと強く噛んでくれた。甘美な痛みと快感に痺れ、孝二郎は激しく高まっていった。

「そう、それぐらいがちょうど良いと思います。それ以下では物足りず、それ以上は痛いです。たまには、小刻みに動かすと良いでしょう」

言うと緑は、もう片方の乳首にも同じようにし、こりこりと噛んで刺激してくれた。

あまり巧みな愛撫を行なうのも疑いの元だから、戸惑いながらぎこちなく、常に相手に加減を伺いながら行なうことも教えた。

「一物をしゃぶったり、陰戸を舐めてもらったことは？」

「まだ、ございません」

「そうですか。でも、近々求められることでしょう。慣れておいた方が良いから、どうか私の顔を」

孝二郎は何のかんのと言いながら緑の身体を抱き寄せ、仰向けのまま顔を跨がせた。

「あ……、どうか、そのようなことは……」

さすがに緑はためらった。

「いや、受け身を好む男は、いずれこうした行為を求めるものです。さあ」

孝二郎は言い、強引に彼女の腰を抱え、しゃがみ込ませてしまった。顔の左右に張りつめた白い内腿が広がり、鼻先に熱く色づいた陰戸が迫った。

「ああッ……！　は、恥ずかしい……！」

緑はがくがくと膝を震わせながら喘ぎ、それでもはみ出した陰唇は大量に溢れた蜜汁に潤っていた。

孝二郎は生ぬるい熱気と湿り気に包まれながら、割れ目に口を押し当てていった。

柔らかな茂みには悩ましい体臭が馥郁と染みつき、舐め回すと、舌を伝ってとろとろと温かな蜜汁が流れ込んできた。

四

「アア……、気持ちいい……」

下から舐めているうち、次第に緑も快感に専念し、果ては自分からオサネを彼の口に押しつけてくるようになってきた。

孝二郎は突き立ったオサネを執拗に舐め、吸い付き、軽く歯で挟んで愛撫した。さらに尻の谷間にも潜り込み、まだ夫も触れていない蕾を舐め、秘めやかな匂いを嗅ぎながら舌先を差し入れた。

そして激しく身悶えている緑の身体を、顔の上で反転させ、女上位の二つ巴《どもえ》の形へ持っていった。

すると緑も上体を起こしていられず、屈み込みながら一物に顔を寄せてきた。

股間を突き上げ、先端を唇に押し当てると、彼女も亀頭を含み、熱い息でふぐりをくすぐりながら吸い付きはじめた。

孝二郎は逆向きになった腰を抱え込み、なおもオサネを舐め、鼻先で震える肛門を眺め、緑の唾液にまみれながら最大限に高まっていった。

もうここまでくれば、夫の性癖の相談どころではなく、二人ともとことん淫気をぶつけ合うだけである。

「あうう……、も、もう堪忍……」

オサネを刺激され、緑が一物から口を離して喘いだ。

孝二郎も舌を引っ込め、再び彼女の身体を起こさせた。

「では、上からどうか……」

「また、跨ぐのですか……。なんと、私ははしたないことを……」

緑は言いながらも欲望に負け、向き直って一物に跨ってきた。夫との何度かの情交で痛みは消え、早くも快楽に目覚めはじめているのかも知れない。

　下から先端を陰戸にあてがうと、緑は自分からゆっくりと腰を沈み込ませてきた。

　張りつめた亀頭がぬるりと潜り込むと、

「ああーッ……！」

　緑は声を上げ、根元まで受け入れながら完全に股間を密着させてきた。

　孝二郎も挿入時の摩擦を味わい、深々と潜り込んで快感を嚙みしめた。きついのは初回と同じだが、緑の方に痛がる様子はなく、蜜汁の量も格段に増えていた。

　僅かの間でも、女というのは快楽に順応していくものなのかも知れない。

　孝二郎は顔を上げて左右の乳首を交互に吸い、甘ったるい汗の匂いを感じながら彼女を抱き寄せていった。

「ああ……、気持ちいい……」

　緑は、最初の痛みなど幻であったかのように言い、きゅっときつく締め上げながら、夫とは微妙に違う一物の感触を嚙みしめていた。

　これなら挿入で気を遣るのも、そう遠くないことであろうが、やはり夫の前では実に控えめに、ひっそりと果てるのだろう。

　孝二郎は股間を突き上げながら、再び緑の唇を求めた。

彼女も唇を重ね、舌を潜り込ませながら腰を使いはじめた。大量に溢れる蜜汁がふぐりまで濡らし、湿った音が響きはじめた。

「嚙んで……」

口を合わせたまま囁くと、緑はかぐわしい息を弾ませながらお歯黒の前歯で、そっと孝二郎の上唇を嚙んでくれた。

「アア……」

彼は甘美な快感に喘ぎ、激しく股間を突き上げ続けた。その摩擦に、孝二郎はあっという間に激しい快感に貫かれてしまった。他人の新造の柔肉に、身を震わせながら熱い精汁を勢いよく放った。

「あん……、出ているのですね……」

緑は口を離し、喘ぎながら腰を動かし続けた。噴出の直撃を奥に感じ、完全に気を遣るには到らないが、相当の快感を得たようだった。

彼は最後の一滴まで心おきなく出し尽くし、ようやく動きを止めていった。

緑も力を抜き、遠慮なく孝二郎に体重を預けてきた。まだ膣内の収縮は続き、彼は新造の温もりと匂いを感じながら余韻に浸った。

やがて呼吸を整え、緑がのろのろと身を起こすと、孝二郎も懐紙で股間を拭って身繕いをはじめた。

「これからも、何かとご相談してよろしいでしょうか……」

緑が、乱れた髪を整えながら言う。

「ええ、もちろん。でも、いつもこの部屋を使うわけにもいきませんから、落ち合う茶屋でも決めておきましょう」

孝二郎は言い、今後とも緑が抱けることに大いなる喜びを感じた。緑も、夫の前では貞淑な妻を演じ、鬱屈して溜まった淫気は孝二郎に向けたいようだった。もっとも、それも子が出来るまでの間かも知れないが、一人の女の成長ぶりを間近に観察できるというのは、戯作者としても最高の体験となろう。

「では、私はこれにて失礼いたします。冴様によろしく」

身繕いを終えると、緑はそう言って帰っていった。

そして孝二郎は布団を畳み、情交の痕跡を消して少し待っていると、間もなく稽古を終えた冴が入ってきた。門弟たちも、みな引き上げたようである。

「緑さんは？」

「もう帰りました。冴様によろしくと」

「そうですか。挨拶かたがた、何か相談事でもあったようですが、では孝二郎さんが伺ってくれたのですね」

「ええ、新造としての生活や夫婦のことなど色々と」

「ここで情交しましたね？」

冴が言う。やはり、いくら布団を畳み、処理した紙を袂に隠そうとも、匂いで分かってしまうものなのだろう。孝二郎は何と答えて良いか分からずに黙っていたが、すぐに彼女も納得したように頷いた。

「いいえ、咎めは致しません。三人でした仲なのですから」

冴は気分を害したふうもなく言って、汗に濡れた稽古着姿のまま、孝二郎に寄り添ってきた。

「それで、どのようなご相談だったのですか」

「夫との情交にも慣れてきたけれど、受け身になって噛まれるのを好むとか、女物の衣装を着たいとか、そうした性癖は普通なのかどうかと」

「そう、それで……？」

「二人きりで納得すれば、それで良いのだと答えました」

「そう……」

冴は頷きながらも、緑の夫のことなど興味はないようで、そのまま孝二郎に唇を重ねてきた。かぐわしい息を弾ませて舌をからませ、すぐに離れて彼の鼻の頭をぺろりと舐め上げた。

「緑さんの匂いがします……」

冴が囁き、彼の口の周りや鼻の穴を舐め回してきた。やはり、長く陰戸に顔を埋めていると、女の匂いが顔中に染みつくのだろう。

冴の息の匂いと唾液のぬめりに、また孝二郎は勃起してきてしまった。やはり何もせずには済まず、相手さえ替われば男は何度でも出来てしまう生き物なのだろう。

やがて冴が身を離し、促すように床を敷き延べて稽古着を脱ぎはじめた。

孝二郎は、着たばかりの袴と着物を脱ぎ、また全裸になった。勃起した一物は、まだ緑の湿り気を残している。

すると全裸になった冴は、すぐにも彼の股間にむしゃぶりつき、まるで緑の痕跡を拭い取るように舌を這わせ、亀頭に吸い付いてきた。

「ああ……」

横たわった孝二郎は、唐突な快感に喘ぎ、冴の唾液にまみれながら完全に元の大きさに戻った。緑と済んだばかりなのに、すぐにもさっきと同じ高まりに舞い戻ったようだった。

しかも冴は、偶然にもさっき緑がしたと同じ体勢、女上位の二つ巴になって孝二郎の顔に跨ってきたのだ。しかし匂いと形状はやはり違い、孝二郎は息を弾ませながら冴の匂いを嗅ぎ、蜜汁が溢れはじめた陰戸に舌を這わせた。

「ンンッ……！」

冴は喉の奥まで肉棒を呑み込みながら呻き、彼の鼻先でくねくねと腰を動かした。

孝二郎はオサネを吸い、伸び上がって可憐な肛門も舐め回し、冴の前と後ろの匂いと味を心ゆくまで堪能した。

そして唾液に濡れた肛門に人差し指を押し込んでゆき、親指を膣口に差し入れ、間の肉をきゅっきゅっとつまんだ。案外境目の肉は薄く、前後の穴に潜り込んだ指の動きがはっきりと伝わってきた。

「アアッ……、駄目、堪忍……」

冴が、すぽんと亀頭から口を離して喘ぎ、彼の上に突っ伏してきた。

孝二郎は下から這い出しながら身を起こし、冴を仰向けにさせた。なおも前後の穴に入れた指を蠢かせながら、大粒のオサネに強く吸い付いた。

「あうう……、そ、そんなに吸ったら、出てしまう……」

穴をいじられ、オサネを吸われて尿意を催したのだろうか。冴は声を上ずらせ、激しく腰をくねらせた。

もちろん孝二郎は止めず、指の愛撫を続行しながら吸い続けた。

「あ……、ああ……」

冴が身を弓なりに反り返らせ、肌を硬直させた。そして急にぐんにゃりと力が脱けたかと思うと、いきなりぴゅっと潮吹きのように大量の液体がほとばしってきた。

口に受けて味わってみたが、ゆばりとも淫水ともつかぬ、何とも判然としない味だった。そしてなおもオサネを吸い、膣内の圧迫を続けると、それは断続的にほとばしったのだ。

やがて噴出が治まると、いつしか冴は気を遣ったあとのように四肢を投げ出し、荒い呼吸を繰り返すばかりとなっていた。

孝二郎は指を引き抜いて身を起こし、待ちきれなくなって股間を進めていった。粗相したように濡れている陰戸に先端を当て、彼はゆっくりと貫いていった。

「アアーッ……!」

ぬるぬるっと根元まで押し込むと、冴が息を吹き返したように声を上げた。

孝二郎は深々と挿入して身を重ね、屈み込んで乳首を吸った。今日も冴の胸元と腋は大量の汗に湿り、心溶かす甘ったるい匂いをたっぷりと籠もらせていた。

孝二郎はまだ動かず、一物では冴の温もりと締まりを、口と鼻では肌の味と匂いを楽しんだ。

「突いて……、強く、奥まで……」

冴が、焦《じ》れたように股間を突き上げながら呟いた。

彼も乳首から口を離し、汗ばんだ首筋を舐め上げながら、ようやく腰を突き動かしはじめた。

「あうう……、いい、すごく……」

冴が我を忘れて喘ぎ、下から激しい力でしがみついてきた。さらに両脚まで、彼の腰に巻き付けて狂おしく身悶えた。

再び潮吹きが始まっているのだろうか。律動はぬらぬらと実に滑らかで、通常以上のぬめりが互いの股間を濡らしていた。

「い、いく……、ああーッ……！」

冴が激しく喘ぎ、がくがくと腰を跳ね上げて悶えた。同時に膣内が艶かしい収縮を開始し、とうとう孝二郎も快感の渦に巻き込まれてしまった。

「く……！」

快感に短く呻き、孝二郎はありったけの精汁を注入し、冴を組み敷きながら最後の一滴まで放出し尽くした。彼女も小刻みな痙攣を繰り返していたが、孝二郎が満足げに動きを止めると、やがて力を抜いてぐったりとなっていった。

彼は体重を預けて余韻を味わい、冴は荒い息を弾ませながら失神したように身を投げ出していた。彼女もまた、回を重ねるごとに大きな成長を遂げているのだろう。

そして孝二郎自身も、徐々に女体の扱いに慣れてきたことを自覚したのだった。

五

孝二郎の春本は順調に売れていた。

彼も常に新作に取りかかっているし、自分でもこれほど書けるとは思ってもいなかったから実に嬉しかった。他の内職で、これほど稼いでいる貧乏旗本や御家人はいないだろう。

しかし千夜はおらず、千影も玄庵も小田浜へ行ってしまったので寂しかった。

宝来屋の花は、もう白粉小町の二代目は止めたようだった。いくら顔が似ていても、やはり千夜と違って花は占いも出来ないから、顧客の人気まで引き継ぐことはなかったようだ。

そんな折り、孝二郎は結城家に行ってみた。もう若い藩士でも住み込んでいるのではないかと思ったが、垣根越しに覗いてみると、何やらせんが荷をまとめていた。

「御免下さい。何かお手伝いすることはございますか」

声をかけ、裏木戸から入っていくと、せんが頭に被っていた手拭いを外し、首筋の汗を拭いながら縁に出てきた。

「ちょうど良うございました。お手伝い頂きます」

「はい。何をすれば」

「旦那様から手紙が届き、必要な書物をまとめているところです。整理に携わったそなたなら、すぐ見つかるでしょう」

言われて、手紙を渡された。

見ると、確かに孝二郎が整理した書庫の中にあった書物ばかりだ。場所を知らぬせんでは難儀だったことだろう。玄庵は、国許へ帰ってから急に必要になった本が出てきたようで、せんに送ってくれるよう知らせてきたのだった。

「承知しました。すぐにまとめます」

孝二郎は一礼して縁側から上がり込み、十冊ばかりの医書を探し出してまとめた。

するとと、せんが茶を入れてくれた。

「お手数でした」

「頂戴します。これで全てですので」

孝二郎は茶をすすり、玄庵の求めた書物をせんに差し出した。

「ときに、この家には若い藩士の方が住むのでは？」

「いいえ、留守居の必要はなくなりました。私が時たま帰ってお掃除など致します」

「はあ、人に任せた方がお楽でしょうに」

「しかし、こうしてたまに、そなたが訪ねてくるものですから」

せんは言って立ち上がり、縁側の障子を閉めて床を敷き延べはじめた。孝二郎は急激に淫気を高め、むくむくと勃起してきた。

「昼間だけではなく、たまには夜を過ごせますか？」

「は、はい。親に言えば月に何度かは」

「ならば毎月、一のつく日はここに泊まりましょう。よろしゅうございますね？」

有無を言わさぬ口調で言われ、孝二郎は勢いよく頷いていた。

やがてせんは帯を解き、孝二郎も手早く袴と着物を脱いでいった。そして全裸になると布団に横たわり、すぐにせんも一糸まとわぬ姿になって添い寝してきた。

孝二郎の知る女の中で、せんは最も年上だった。

腕枕してもらうと、お歯黒の口からかぐわしい息が洩れ、さらに甘ったるい体臭も入り混じって孝二郎はうっとりとなった。豊かな乳房に顔を埋め、乳首に吸い付くと、

「ああ……」

せんはすぐにも熱く喘ぎ、それまでの冷静で物静かな様子から一変し、激しく身悶えはじめていた。孝二郎から見る限り、せんと玄庵は冷えた夫婦なのであるが、それでも夫が遠く離れてしまうと解放的な気分になるのかも知れない。

孝二郎がのしかかろうとすると、先にせんの方から上になり、もう片方の乳首を彼の口に押しつけてきた。

「むぐ……」

顔中に膨らみが覆いかぶさり、孝二郎は心地よい窒息感に呻いた。何とか隙間から呼吸し、噎せ返るような肌の匂いを嗅ぎながら乳首を吸った。

左右の乳首を充分に愛撫させると、せんは上から唇を重ね、激しく舌をからませてきた。孝二郎は、甘い吐息で鼻腔を満たしながら熟れた新造の舌を吸い、注がれる唾液でうっとりと喉を潤した。

やがて抱き合いながら、何とか孝二郎が上になり、肌を舐め下りて足の指にしゃぶりついていった。

「アア……、また、そのようなことを……」

せんが喘ぎながら言ったが拒みはせず、彼は両足を念入りに舐めてから、股間に顔を寄せていった。

割れ目はすでにねっとりとした蜜汁に潤い、悩ましい匂いを発していた。孝二郎は茂みに鼻を埋め、大人の女の匂いを存分に嗅ぎながら舌を差し入れていった。

ぬらぬらする柔肉を掻き回すように味わい、突き立ったオサネに吸い付き、もちろん脚を浮かせて肛門にも舌を押し込んだ。

「あうう……、早く……」

入れてくれというのだろう。やはりせんは冴や緑と違い、情交と言えばすぐ挿入という体験ばかりだったから他の愛撫など、はしたないという気持ちがあるようだった。

孝二郎はせんの前も後ろも充分に舐めてから、ようやく身を起こしていった。

「待って。私も舐めます……」

と、せんが言い、顔を上げて彼の股間に迫ってきた。孝二郎が半身を起こしたまま一物を突き出すと、せんはすっぽりと喉の奥まで呑み込み、くちゅくちゅと舌を蠢《うごめ》かせてしゃぶった。

「ああ……」

孝二郎は快感に喘ぎ、美女の口の中で肉棒を震わせた。せんも濡らしただけですぐ口を離したが、それだけでも充分に嬉しく、彼は高まっていった。

再びのしかかり、孝二郎は本手（正常位）でせんに挿入していった。

「アアーッ……！」

深々と貫くと、せんが喘いで下からしがみつき、孝二郎も根元まで柔肉に包まれながら身を重ねていった。

腰を突き動かすと、せんも股間を突き上げ、互いに激しい摩擦を続けた。

「ああ……、い、いく……！」

たちまちせんが声を上ずらせ、狂おしく身悶えはじめた。彼女が絶頂の痙攣を起こしはじめると、孝二郎も続いて昇り詰めてしまった。快感に包まれ、怒濤のような勢いで思い切り射精すると、

「ああッ……！　熱い……」

せんが噴出を感じ取って口走り、身を反らせて硬直した。

孝二郎は最後の一滴まで心おきなく射精し、やがて満足して動きを止めた。徐々にせんも硬直を解いてぐったりと力を抜き、二人は熱い呼吸を混じらせた。

孝二郎はせんの甘い息を嗅ぎながら、うっとりと快感の余韻を味わった……。

——せんの家を辞した孝二郎は、番町の自宅へ帰る前に、千夜と初めて出会った神社の境内に入ってみた。

多くの体験の、全ての始まりが千夜との出会いだったのだ。

（千夜……、元気にしているだろうか……）

孝二郎は思い、夕陽で影絵になりつつある富士を見た。姥山も、その方角だろう。

やがて彼は小さく息を吐き、また戯作に専念しようと歩きはじめた。

ふと、気配を感じて境内を振り返ると、白い猫が孝二郎の方をじっと見つめていた。

あやかし絵巻

一〇〇字書評

切り取り線

購買動機（新聞、雑誌名を記入するか、あるいは○をつけてください）	
□（　　　　）の広告を見て	
□（　　　　）の書評を見て	
□ 知人のすすめで	□ タイトルに惹かれて
□ カバーがよかったから	□ 内容が面白そうだから
□ 好きな作家だから	□ 好きな分野の本だから

●最近、最も感銘を受けた作品名をお書きください

●あなたのお好きな作家名をお書きください

●その他、ご要望がありましたらお書きください

住所	〒				
氏名		職業		年齢	
Eメール	※携帯には配信できません	新刊情報等のメール配信を希望する・しない			

あなたにお願い

この本の感想を、編集部までお寄せいただけたらありがたく存じます。今後の企画の参考にさせていただきます。Eメールでも結構です。

いただいた「一〇〇字書評」は、新聞・雑誌等に紹介させていただくことがあります。その場合はお礼として特製図書カードを差し上げます。

前ページの原稿用紙に書評をお書きの上、切り取り、左記までお送り下さい。宛先の住所は不要です。

なお、ご記入いただいたお名前、ご住所等は、書評紹介の事前了解、謝礼のお届けのためだけに利用し、そのほかの目的のために利用することはありません。またそのデータを六カ月を超えて保管することもありませんので、ご安心ください。

〒一〇一－八七〇一
祥伝社文庫編集長　加藤　淳
☎〇三（三二六五）二〇八〇
bunko@shodensha.co.jp

祥伝社文庫

上質のエンターテインメントを！　珠玉のエスプリを！

祥伝社文庫は創刊15周年を迎える2000年を機に、ここに新たな宣言をいたします。いつの世にも変わらない価値観、つまり「豊かな心」「深い知恵」「大きな楽しみ」に満ちた作品を厳選し、次代を拓く書下ろし作品を大胆に起用し、読者の皆様の心に響く文庫を目指します。どうぞご意見、ご希望を編集部までお寄せくださるよう、お願いいたします。

2000年1月1日　　祥伝社文庫編集部

あやかし絵巻《えまき》　長編時代官能小説

平成19年2月20日　初版第1刷発行

著者　睦《む》月《つき》影《かげ》郎《ろう》

発行者　深澤健一

発行所　祥《しよう》伝《でん》社《しや》

東京都千代田区神田神保町3-6-5
九段尚学ビル　〒101-8701
☎03(3265)2081(販売部)
☎03(3265)2080(編集部)
☎03(3265)3622(業務部)

印刷所　堀内印刷

製本所　明泉堂

ISBN978-4-396-33337-9 C0193

祥伝社のホームページ・http://www.shodensha.co.jp/